果麦文化 出品

干涸的土地上,
机器为我画了一朵云。
我在云上写下希望。

狩梦奇航 ❽ 决战机甲王 目录

序幕 海怪疑云 3	⑬ 第十三幕 机器人大乱斗 127
① 第一幕 瘠岭往事 9	⑭ 第十四幕 西多大战嘎多 138
② 第二幕 城市追击战 20	⑮ 第十五幕 阿俪·嘎多合体 148
③ 第三幕 空海骑兵 28	⑯ 第十六幕 瘠岭沉没 160
④ 第四幕 神秘天才师父 42	⑰ 第十七幕 希望之花 171
⑤ 第五幕 零号机图纸 49	● 尾声 185
⑥ 第六幕 修与阿俪的故事 58	
⑦ 第七幕 机器人战队诞生 68	
⑧ 第八幕 回忆马蹄莲 79	
⑨ 第九幕 潜入敌后 88	
⑩ 第十幕 瘠岭的故事 96	
⑪ 第十一幕 柳嘉·梦中梦 106	
⑫ 第十二幕 铁皮人之墓 117	

狩梦人黄金试炼课堂

1.	2.	3.
关于作者的提问!回答!	狩梦小队队员的个人空间	崔牛牛的搞笑"隐形戒指"恶作剧
194	198	204

阅前须知!

本书中的故事情节与各类道具，均为作家在梦域空间中的所见所闻，所有剧情、场景与现实世界完全无关。请勿将故事情节代入现实生活，更勿模仿其中的危险动作! 如果你喜欢本书，请不要吝啬它分享给你的伙伴们。最后，希望你能从本书中获得奇妙的阅读体验!

沉睡在虚拟的海洋中，
　　我听到机器与人的歌声共鸣，
　　　　如此和谐而又凄美……

孩子，记住：
　　你的每一次尝试，都像种子落入土壤，尽管看不见，但它们正在生长。

　　遇到阻碍，你要像树一样植根于黑暗，冲上云霄，雄心如风，来去自如。

　　生命长河，有时宁静，有时汹涌，顺其自然，它总会带你走向广阔的海洋。

——龙巢基地第十一区院长 戚梦来

序幕

海怪疑云

　　一束如梦似幻的幽光，在寂静的海底盘旋。
　　幽冷的光束透过水纹，被折射成五彩斑斓的霓虹。
　　就像生活的底色，善变而又不可捉摸。

　　海底深处的熔岩、草木、贝壳和珊瑚礁石，全都染上了这种颜色，犹如绚丽的霞帔，令观者目不暇接、神为之夺。
　　"梅里博士，'野鲨号'……已经安全通过海底黑洞。"
　　"巡航系统失效，舰身部分损坏，工程组正在抢修，其他一切正常。看来我们赢了。"夏拉特舰长豪迈地拍了拍梅里博士的肩膀。

而后者此时正伫立在玻璃舷窗前陷入沉思。

突然,一大片十余米高、通体如水晶般透明的蓝色海藻缓缓地出现在船身两侧——当它们接近舷窗,梅里博士、夏拉特舰长和其他船员们,均可清晰地看见蓝色藻叶上明亮的珍珠斑纹。冷热洋流在藻群中摩擦、碰撞,阵阵气泡于珍珠纹面上浮起,即使隔着舷窗,也能嗅到如传世级葡萄酒被冰镇后的微微苦涩,以及席卷鼻腔的细腻芬芳。

"避光蓝藻……是避光蓝藻!"研究员们激动得大呼小叫。

梅里博士回过神,身心沉醉地朝夏拉特呼喊:"舰长,快速跃迁极不稳定,黑洞随时会关闭!"

"启动发条机器人!采集蓝藻!有多少拿多少!"

梅里博士陶醉地望着窗外的蓝藻森林,声音变得颤抖起来:"神啊……越过时间之河,这个宇宙里究竟还有多少未知奥秘……"

"快,按博士的要求去做,启动采集机器人——"

"等……等等——博士,快看那是什么?有、有怪物!啊啊啊——"

夏拉特舰长的惨叫声被一阵雷鸣般的嘶吼所淹没。

舰身再次猛烈震颤起来,舱室的扩音器中传来一阵阵夹杂着电流声的尖叫与呼喊。

"发生了什么事?"

梅里博士紧紧扶住墙壁,支撑住自己的身体,如临大

敌地朝舱外看去，只见一片乌云般浓厚的黑影，迅速遮盖住潜水艇的顶部水域——那是一只极其恐怖的、由无数海洋垃圾和铁皮混合成的怪物……体形像一只破损的巨大恐龙，暗红色的眼眸忽明忽灭，低沉的喘息声犹如来自远古的地狱恐兽。

在它的身后，还拖拽着数十艘残破的海底沉船。

"快……快！升舱——发射'瀑布'鱼雷！"梅里博士歇斯底里地大喊……

舱室里乱成一团，扩音器里的呼叫声变得更加嘈杂了。

当四枚鱼雷接连着从潜水艇下方发射——这些曾令梅里博士引以为豪的武器，在巨大的"怪物"面前，却仿若一根细小的牙签，在垃圾外壳上擦撞出一团小小的火花和烟尘后，便销声匿迹了。

紧接着，变得混沌的海水中，"铁皮怪物"开始震颤起来。

怪物发出一片像摩擦玻璃般的磁暴声。

尖锐的声波回荡，周围的海水、避光蓝藻，乃至整片的海底世界，仿佛都在这刺耳的音波下颤抖与扭曲……

梅里博士感觉无数根尖刺透过耳膜，袭击着他的大脑。

他的意识变得越来越混沌模糊，即使他死死地捂住耳朵，音波却仍然如潮水般涌入。身边的船员们纷纷痛苦地哀号着，并且一个接一个浑身瘫软地倒在地板上。

令梅里博士更为震怖的是，没过多久，昏倒的船员们竟然接二连三地像拉线木偶般站立了起来。他们低垂着头

和四肢，摇摇晃晃地聚拢在一起……

"究竟——发生了什么事？"

梅里博士撑着快要炸裂的大脑，惶恐地躲到办公桌后方。

此时，舱室门被用力撞开，夏拉特舰长带着几名船员出现在门外。

梅里博士惊喜地睁大眼睛，正想张大嘴求救，却震惊地发现，闯入者们脸上毫无一丝活气，苍白的双眸像望着过期的食物般，冷冰冰地瞪着自己。

"站住……我、我是梅里博士！"

"我请求你们，不、不要过来——"

梅里博士将后背紧紧贴在舱壁上，颤巍巍地呻吟着。失魂落魄的闯入者们笨拙地挪动脚步，渐渐朝他逼近。

人群中，夏拉特舰长露出一个诡异的笑容……

紧接着，"野鲨号"舱室里，响起了梅里博士撕心裂肺的惨叫声。

"一群善于偷窃的可怜虫。"

一片模糊的虚影，缓缓浮现在海水中的"怪物"身畔。

铁皮怪物仿佛回应般碰撞着发出一种嗞嗞的摩擦声。它伸出一根缠满海草的触手，将"野鲨号"拖拽到身后的一艘破烂沉船旁。

水底发出一系列嗡嗡的碰撞声，似乎在庆祝，又似乎在缅怀。

Prologue 海怪疑云

"只有剩骨，埋葬于此。"

虚影渐渐显形，依稀是一个头戴着黑色荆棘王冠的男孩。

男孩抬起一只手，凝视着从潜艇中吸取出来、此刻正悬浮在眼前的蓝色水球"北渊海图"，冷酷地说道：

"渴望越多，跌落越深。"

"去吧，嘎多。去做一个梦。"

"记住，吞噬一切……"

男孩敲击了几下铁皮怪物的头颅。铁皮怪物用嘶嘶作响回应。

紧接着，怪物载着男孩在微漾的海

嘎吱……

记住，
吞噬一切……

嘎吱

嘎吱……

水中渐渐隐去,随之发出一声告别的轰鸣。诡秘的梦幻光点在无数蓝水晶般灿烂的海藻丛中忽暗忽明。

无人注意之处,一只海螺大小的机械蜂鸟,藏匿在一片鱼群中,悄悄地朝荆棘男孩和铁皮怪物隐去的位置追去。

海底世界,再度安静了下来。

序幕 结束

决战
机甲王

ACT
01

第一幕

瘠岭往事

能量核心装载的魔法影像,缓缓铺满老烟斗的收藏室。

小狩梦人仿佛来到了一片硝烟弥漫的海滩,目光所及遍地晦暗。浓厚的惊雷声穿过云层直击人的心肺,刺眼电光令人胆寒。

柳嘉猛地抬起头,发现"雷声"由一艘滑行在半空中的巨大潜水艇产生,而"电光"则是外壳剧烈摩擦云层后形成的烟雾。

"轰隆——咔嚓!"

潜水艇从中折断,燃烧的外壳碎片像坠落的陨石砸向

海滩。

海滩被漫天的黑油覆盖,逐渐燃烧开裂。

"很久以前,我和梅里博士原是在一艘大潜水艇上工作的同僚……后来,发生了意外……嗯,一场令人窒息的……梦魇灾难……"老烟斗低沉的声音适时响起。

小狩梦人眼前的景象继续演化——一座被冰雪覆盖的葱郁山岭浮现在浩瀚的海洋中。

"我们的潜艇坠毁在一个叫作葱岭的地方,当时损失惨重。幸好当地的原住民十分淳朴热情,无私地帮助了我们……

"后来,我们恢复了元气,但却发现自己失去了绝大部分记忆,仅仅记得自己的故乡,依稀是一片蓝色大陆。

"为了修复舰艇,重返蓝色大陆。我们需要巨量的金属,于是挖空了葱岭的矿石山脉,但还是不够。直到有一天……"

"一种溶液,可以让人逐步变成金属……

"多年以后,葱岭变成了现在的瘠岭,原住民变成了铁皮人……"

魔法影像再无变化,定格在了瘠岭荒凉的远景上。

老烟斗重重的叹息声,让小狩梦人回想起了此前在瘠岭街市上的见闻。柳嘉感觉内心十分压抑,很想和肃立在一旁的修说点什么,扭头却看到修面容悲恸,情绪似乎仍然陷入极为深远的回忆中。

"长话短说……梅里想收集一切可利用的金属资源和能

量，打造一艘永不沉没的方舟。可方舟一旦离开，瘠岭就会直接崩塌沉没。"老烟斗收敛苦笑，看似漫不经心地为烟斗重新装填烟丝，"因此，我暗中开办恶棍角斗场，组织角斗士，目的就是为了拯救瘠岭和一部分不该死的原住民。否则……除了梅里博士及其手下，其他人都会……Game Over！你们懂的。"

柳嘉的心揪在了一起，在亲眼看见了能量核心影像装载的故事后，他无法做到对瘠岭的危难视而不见。

"喊！什么坏蛋梅里，瘠岭危机由我来解除！"易天爵掷地有声。

"很好，小子！用你的气势去拔光梅里的胡子！假如他有的话，哈哈。"老烟斗满意地拍了拍易天爵的肩膀。

"找到能量核心，我们此行的任务，就算基本完成了。"

"梅里博士的实力很强，我们未必是他的对手……"戚梦萦很快地用乾坤手环计算出了拯救瘠岭的成功率，她看着手环上的数字，眉头紧锁在了一起，"6.17%……"

"很难是吗？"洛楚·傲蔑夫扬着眉头，露出神秘莫测的微笑，"鸭嘴兽，想不想叫上罗西，和我来一场对抗梅里博士的个人积分赛？"

"黄毛猴，我可不怕你！"易天爵冷傲地拍了拍胸脯。

"实在不行，我们再撤退……"柳嘉志忑不安地吁了一口气。

"我也想帮帮瘠岭的原住民……那'金色螺号'队的意

思是？"戚梦萦无奈的神情里，意外地透露出一丝轻松。

然而此时，一向活跃的格蕾丝却奇怪地沉默着。

"随意深度干涉梦域碎片的事情，只会带来不必要的麻烦。'金色螺号'队已经完成任务，联系罗西吧，我们尽快离开这里。"格蕾丝表情淡漠地摇了摇头，洛楚·傲蔑夫和玛尔塔顿时一脸沮丧。

"啥？亏我还以为'金色螺号'队是强劲的对手，原来是怕麻烦的懦夫！"易天爵用力地从鼻孔里喷气，不屑一顾地大声嘲讽。

"有一句狩梦人众所周知的格言：在结局到来之前，你永远不会知道自己的选择是好是坏。我们唯一能做的，就是当下不留遗憾。"戚梦萦用温和的语气劝说格蕾丝，她感觉格蕾丝冷漠的背后，可能另有原因。

"不……不留遗憾？如果结局是你不能承受的，你又该怎么做？"格蕾丝讥讽地看了戚梦萦和柳嘉一眼，转身就走。

意外地，洛楚·傲蔑夫和玛尔塔却停在原地没有动，格蕾丝走出一段距离后，愠怒地回头看向两人。

"格格……"玛尔塔扭着手指，小声嗫嚅着，"我不想看到那么多人死掉……我、我有点想加入他们……"

玛尔塔说着，往洛楚·傲蔑夫的方向碰了碰。

格蕾丝的脸色阴沉起来，她不动声色地看向洛楚·傲蔑夫。

洛楚·傲蔑夫为难地抿了抿嘴，摊开双手装作毫不在意

地说:"格格,我知道那一次……"

格蕾丝刺来一道冰冷的目光,让洛楚·傲蔑夫急忙刹住了话题,却更加引起了戚梦萦、柳嘉和易天爵的注意。

格蕾丝心里果然藏着一个秘密。

洛楚·傲蔑夫郁闷地摸着鼻子,不敢直视格蕾丝的眼睛:"总之……那次只是个意外。格格,就算我做不了主宰瘠岭生死的英雄,我也做不到就这么潇洒地离开。既然来了,我总得做点什么,不让罗西小看!"

洛楚·傲蔑夫说了声"抱歉",站到了易天爵旁边。

易天爵赞许地瞟了洛楚·傲蔑夫一眼。

格蕾丝生气地捏紧了拳头。

"既然你们执意这样,我也很抱歉——作为队长,我宣布你们不再是'金色螺号'队的一员了。"

在小狩梦人惊愕的注视中,格蕾丝头也不回地离开了收藏室。

"啊喔!别……别激动……"老烟斗拍了拍手,打算说点场面话。

轰隆——

收藏室门口突然响起一个巨大的爆炸声。

两名铁皮侍女惊慌失措地跑了进来,银色的铁皮裙上沾满了灰扑扑的尘土。

"老烟斗先生,刀锋战士阿俪——带着梅里的军队杀过

来了!"

"她要我们交出能量核心和火焰女孩一伙!"

"你说什么?!"老烟斗脸色铁青地厉声说,一边气恼地转过身,飞快敲击展台上的按钮,能量核心迅速恢复成了原样,并缩小为一个魔方的大小。

老烟斗将能量核心从展台上取出,递给了戚梦萦。

"现在它是你的了,火焰女孩!赶紧走,对抗梅里博士的事我们从长计议。现在,我可不想让那个疯丫头毁了我的毕生收藏。"

"弄了半天,你也是个怕事的家伙!"易天爵气急败坏地嘟囔。

此时,一连串更为剧烈的爆炸声响起,收藏室里像下起暴雨般,天花板落下一大片粉尘。

"少废话——你们带着这玩意赶紧滚!"老烟斗恼火地大喊,"去找老铁,他会告诉你们其他问题的答案。"

半铁皮侍卫们在老烟斗的指挥下纷纷行动起来,奔向收藏室门口。

戚梦萦飞快地点点头,将能量核心藏进衣服口袋里,用目光示意了一下其他人,跟随在两名铁皮侍女身后,朝收藏室的后门跑去。

轰隆——砰咚——

爆炸声接二连三地响起,老烟斗的怒骂声、半铁皮人的

呼救声，以及各种生物怪异的惨叫声混杂在一起，让小狩梦人心惊胆战。

柳嘉回头望去，发现收藏室里似乎有什么东西被引爆了，诸多展柜和展台被炸得支离破碎，强光引着气流犹如巨浪般不停涌来。

从沉默中惊醒过来的修也慌忙地跟在小狩梦人背后，按照铁皮侍女的示意，奔跑着穿过了收藏室后方的安全门，沿着一段曲折向上的黑暗通道，来到了奸商街入口处所在的昏暗小巷里。

"老烟斗先生会没事吗？"柳嘉气喘吁吁地望着身后慢慢合拢的石墙，连接收藏室的秘密通道彻底消失了。

"现在不是考虑别人的时候！"洛楚·傲蔑夫惊愕地看着半空，"我们先自求多福吧！"

所有人抬头望去，几十艘黑色飞鱼造型的小型飞船，正喷射着熔岩般的火焰，在灯光迷蒙的城市上空朝他们所在的位置飞来。沿路的铁皮人市民们纷纷惊惶地走上街头，一边打量着飞船队一边紧张地议论着。

"是梅里博士的'铁鱼飞船战队'！"修一脸慌乱地望着领头的那艘最大的飞船，气息不稳地转过身游说戚梦萦，"听着，火焰女孩。光靠我们没法保护能量核心，不如把它卖给一个心眼好又出得起价的人，我来介绍，钱二八分账，怎么样？"

"你能保证能量核心最终不会落入梅里博士手中吗？"戚

梦紫直视修，义正词严地回答："能量核心不是我们的，它属于所有瘠岭市民。接下来，我们需要按照老烟斗先生所说的，去找一个叫作老铁的人，进一步了解情况。"

"唠唠叨叨，废话连篇。"格蕾丝冷冷地启动了金属盔甲，防风眼镜闪过一道红光，"该走的时候不走，现在说什么都是白费力气了。"

领航的铁鱼飞船，汽笛声压迫式地轰鸣着，然后干净利落地甩尾，降落在小狩梦人面前。其他体形略小的飞船，则悬停在"猎物"们头顶的斜上方，虎视眈眈地将这一区域团团包围起来。

柳嘉躲在人群中四处张望，暗中计划最佳逃跑路线。他刚一扭头，就发现阿俪竟从奸商街弥漫的烟尘中缓步走来。

阿俪的双眸亮着刺眼红光，死死地瞪着小狩梦人，仿若复仇女神降临一般。她的身后是几乎被破坏殆尽的铁皮建筑和铁皮人金属碎片。

"就是他们拿到了能量核心？"一个身形酷似蚱蜢的青灰色铁皮人，走到敞开的圆形发光舱门口叉起腰训斥着，"阿俪，你输给几个臭小鬼，也配称为梅里博士手下的头号刀锋女战士？"

一大群围堵在巷子口的铁皮人警卫大声哄笑起来。

两道紫色激光掠过小狩梦人的头顶，交叉在蚱蜢铁皮人的脚掌前划过，一阵烟雾和焦臭味升起，铁皮人警卫们瞬间安静了下来。

"威蟒将军，你应该知道，我可是按照梅里博士的命令在行事。谁要是再敢多嘴，我就毙了谁。"阿俪不快地冷哼一声，瞪了龇牙咧嘴的蚱蟒铁皮人"威蟒将军"一眼，然后目光移到了戚梦萦身上，"快把能量核心交出来，否则让你体验一下千疮百孔的滋味。"

"能量核心绝不能落在恶人手上。"戚梦萦紧皱着眉头。

"恶人？"阿俪冷冷地大笑，"你是谁？纯粹的好人吗？"

"全体注意，给我收缴能量核心，其余死活不论。别让阿俪把功劳都抢走了。"就在阿俪连续扣动扳机的同时，威蟒将军赶紧摇动头顶上长长的铁触须，铁鱼队员和铁皮警卫们纷纷用激光枪瞄准了巷子里的"猎物"，一瞬间亮紫色的激光箭雨，从四面八方朝小狩梦人喷射而来。

"风驰电掣！"

吸引火力，高高跃起的格蕾丝，差点被两道激光划破衣袖。

洛楚·傲蔑夫幻化成街道的色彩，用迷你炮管放射出一团团盾牌似的半圆形白色浓雾。

"看我的——骑士铁盾炮！"

反应过来的柳嘉，赶紧将易天爵、修和玛尔塔拉进了自己朦胧术的黑雾范围里。

"护盾术——"

戚梦萦一声高呼，在她身体周围出现了一个火红的蛋形光盾。

小狩梦人拼死抵抗，然而面临的火力却越来越密集。

阿俪一边从刁钻的角度发射激光，一边朝小狩梦人靠拢。

小狩梦人各自为战，就在所有人即将被击溃之时，一张金色的激光网从天而降，像捞鱼般将小狩梦人和修拉到了半空中——

一道道紫色激光束，瞬间将小狩梦人原本所在的地面炸得粉碎。

第一幕 结束

第二幕
城市追击战

　　阿俪仰起头,发现天空中一艘金红相间的魔鬼鱼造型飞船,喷射着八道炫目的蓝色火焰,拖着金色激光网朝瘠岭远郊方向迅速飞去。

　　"可恶!瞄准那艘船!快追!"阿俪愤怒地大喊,两步便跳到了最近一艘小飞船的金属侧板上。

　　铁鱼飞船们迅速摆动船身,摆列队形朝魔鬼鱼飞船追赶过去,和阿俪一起在疾风中玩命似的向激光网中的小狩梦人疯狂扫射着。

　　"这是怎么回事?"柳嘉被困在激光网中,好奇地看着包

裹在一层半透明金色防御光盾中的魔鬼鱼飞船大声问。

"是老烟斗。这是他的座驾'金属狂潮号'的最新敞篷版!"修扶起被风刮倒在一边的鸡冠头,"看来他的收藏室已经被梅里的大军踏平了。"

这时,魔鬼鱼飞船侧过身,惊险地从两幢造型如龙卷风般的双子楼缝隙间飞掠,眼看即将迎头撞上悬浮的高楼棱角时,飞船猛地向上攀升,贴着鲜红的大厦铁皮墙面,斜飞而去。

被困在激光网中的小狩梦人,在高楼内铁皮人惊愕的目光中,像皮球一样重重撞击在墙体上,一片密密麻麻的紫色激光束,顿时命中他们下方不足半米的地方,双子大楼瞬间冒起了隆隆的烟尘……

"可恶!死老头开飞船的技术真烂!"易天爵发动巨猿术变大身体,成了所有人的保护垫,被撞得晕头转向的他气急败坏地大骂着。

"浑小子,竟敢对救命恩人提意见?!"困住小狩梦人的金色激光网中响起一道声音,大家惊讶地抬起头,一个光影屏幕出现在他们头顶上方,老烟斗正在屏幕中怒不可遏地叫骂着。

他原本红润发亮的脸变得灰扑扑的,白色的头发和胡须纠结成一团,墨镜也碎了一块镜片。

"梅里那个老不死,居然炸了我的收藏室!老子横行瘠岭的时候,他还在捡破烂呢!"

几道紫色激光穿过小狩梦人身边，柳嘉赶紧发动朦胧术，保护差点被击中的玛尔塔和易天爵，然而激光网却被划破，出现一个大洞。

远处追击的小型飞船侧翼上，阿俪恼火地撇了撇嘴。

"死老头！别光说不练！"易天爵从黑雾中显形后大喊，"只会逃跑算什么英雄好汉！"

"小兔崽子，竟敢对我用激将法！"老烟斗用力拉扯方向盘，飞船在鳞次栉比的高楼间急速甩尾。

两艘紧随其后的追击船来不及转弯，重重撞击在金属高楼上，炸裂出一团黑色烟尘。

随后，四五艘小型铁鱼飞船不到几秒便补入了追击的队列，猛烈地朝老烟斗驾驶的魔鬼鱼飞船射击着，"突突"的枪声不绝于耳。

"炮弹飞拳！"身体魔人化的玛尔塔，借助飞船转弯时的角度，瞄准了阿俪所搭乘的小飞船驾驶舱。阿俪敏捷地从狂风中跳到身后的另一艘飞船上。前一秒她搭乘的飞船则迅速坠落，撞击到地面爆炸了。

"干扰电磁雾！"洛楚·傲蔑夫大喊，一枚灰色炮弹在三艘铁鱼飞船中炸裂。

小飞船像被喷了杀虫剂的苍蝇，蓦然坠落，轰隆隆的爆炸声响彻云霄，而格蕾丝和修则联手朝前赴后继追上来的铁鱼飞船，挥舞橙色光轮和射击激光，柳嘉和戚梦萦则交替发动朦胧术和护盾术，保护金色光网中的同伴们。

此时，易天爵用身体为所有人抵挡建筑物的撞击，已经浑身伤痕累累了。

"小鬼们，干得不错！"老烟斗大喊，"这几年我沉迷格斗，飞船里都是些没用的东西，不过可以给你们助助兴！啊哈哈——"他咧嘴大笑着按下几个按钮，飞船后舱竟折叠成了一个环形的小舞台，紫色、红色和金色的镭射光在飞船上方交相辉映，一阵古怪的摇滚乐随之响起，船舱底座两扇小侧门中，爬出了十几个穿着铁皮短裙的迷你歌舞伎，在灯光、音乐，以及枪炮爆炸声中翩翩起舞。

"这个臭老头，放的什么东西？"易天爵恼火地咒骂。

"一闪一闪亮晶晶，满天都是小星星……"柳嘉叹了口

气说。

另一边，阿俪耳中的通信器，响起了威蜢将军的训斥声。

"给我冲，别让到嘴的鸭子飞了！狠狠地打！只要能抢到能量核心去向博士邀功，就算误伤队友也没关系，特别是那个自以为是的阿俪！"

阿俪的眼神黯淡了几分，冷冽一笑释怀后，按下自己激光枪上的旋钮。

几秒后，激光枪折叠变形成了一把狙击枪。

阿俪毫不犹豫地瞄准了抢占她前面航线，朝老烟斗"金属狂潮号"飞去的铁鱼领航船——紫色电磁光弹瞬间命中前方一座藤蔓形状的铁皮钟楼。

铁皮钟楼被拦腰炸断，猛地砸向铁鱼领航船。

阿俪耳中的窃听器响起威蜢将军惊慌失措的叫喊声。

"快、快、快掉转方向！你搞什么？阿俪！臭渣滓！"

"噢，身为半铁皮人，眼神不好，我很抱歉。"阿俪冷笑着回答。

"你们看，那是怎么回事？！"柳嘉在激光网中看着慌不择路的铁鱼领航船朝他们撞击过来，惊慌地大声问。

阿俪放开了狙击枪的扳机，她那曾经冰冷的手指现在滚烫极了。

紫色电磁光弹除了击中铁皮钟楼，更有几发命中了"金属狂潮号"。飞船的侧边立刻被点燃了，喷出的火星在天空中如同焰火般炫目，场面一片混乱。

戚梦萦迅速发动护盾术，一个面积足以保护整艘船的透明光盾展开。铁鱼领航船冲撞过来时，被光盾弹开，滑过"金属狂潮号"的船身，撕裂出一道长长的划痕。

"你觉得你是谁？空中的女王？"格蕾丝发出一声怒吼。

格蕾丝从光盾后释放出数道彩虹光轮，向着阿俪所在的方向扫去。

"看来你很想找死！"阿俪嘴角勾起一抹邪恶的笑意，她从飞船中投掷出一颗闪烁着黑色光芒的铁球。

"糟糕，是反重力波炸弹！"老烟斗发出一声惨叫。

炸弹启动的瞬间，周围的空间产生了一道强大的引力，使得"金属狂潮号"飞船无法控制，朝着炸弹的中心被吸引过去。

"真是烦人的玩意！"洛楚·傲蔑夫尖叫，他从口袋中掏出好几枚特制炮弹，不知道该使用哪一枚，冷汗从他额角涔涔流了下来。

眼看飞船即将与炸弹撞在一起，一张蓝色激光网从飞船底部发射，命中并回收了炸弹。柳嘉震惊地跟随激光网，朝源头望去。

只见老烟斗正倒挂在舱底，他骄傲地抓着激光炮，开心地宣布说："看来，今天的英雄是我了！"

"糟糕，快掉转方向！"戚梦萦朝眉飞色舞中的老烟斗大喊。

老烟斗立即将飞船朝右侧掉头，却发现阿俪所在的铁鱼小飞船竟然绕过障碍，围截在半路上。在阿俪冷酷的笑容中，铁鱼领航船重重撞击在魔鬼鱼飞船的底盘上，激光网瞬间脱离了船身，而后渐渐失去能量，色彩变得黯淡……

小狩梦人和修一起从几十米的高空飞速向下坠落，而之前那两艘相撞的飞船，则插入两旁的铁皮建筑中，冒起了黑烟。

被烟雾波及的铁鱼小飞船纷纷绕开，在四周巡视警戒着。

"嘿！从这么高的地方坠落，巨猿术可充当不了人肉缓冲！"易天爵满头冷汗地大喊。

玛尔塔有些恐高地闭上了眼睛。

"可恶！"格蕾丝跳出激光网，却找不到周边可以落脚的建筑。

洛楚·傲蔑夫则像喝醉了酒的鸭子似的，飞快地自言自语道："苔藓烟雾弹——不对！眼花缭乱炮——可恶！全都没用！"

"马上就要着地啦！"柳嘉看着越来越近的地面惊恐尖叫着。

"柳嘉！使用朦胧术配合我的护盾术——"

"开启精神能量极限值！"

戚梦萦在凛风中呼喊。

柳嘉赶紧点头表示明白，一大团黑雾从他体表喷薄而出，将易天爵、玛尔塔和修带入朦胧术中。戚梦萦不顾乾坤手环"精神能量过低"的警报，张开了一个透亮的火红色光盾，笼罩住了格蕾丝和洛楚·傲蔑夫。

包裹着小狩梦人和修的激光网轰然落地。两艘铁鱼小飞船在他们旁边坠落，炸裂成两团黑漆漆的蘑菇云。

猩红火星和破碎铁片四处飞溅，撒落一地。

柳嘉从黑雾中显形，躺在冒着滚滚浓烟的废墟中，猛烈咳嗽着睁开了眼睛。模糊的视线中，他看见同伴们和修正惊魂未定地躺在七零八落的建筑碎屑和黑色烟雾中。

阿俪从半空中跳下飞船，径直走到戚梦萦身旁，轻而易举地便将能量核心从她的上衣口袋里搜了出来，高高举在眼前，神情冷漠地打量着那个魔方大小的金属块。

"为了这个小东西，瘠岭已经混乱了太久。"

"除此之外，对于隐患和祸端，最好的方法就是清除干净！"

阿俪将激光枪瞄准戚梦萦的额头，嘴角露出一丝残酷的冷笑。

柳嘉一脸焦急地爬向戚梦萦，然而，此刻他身体却感觉虚弱极了……

第二幕 结束

尝尝我的毛刺球炮弹吧!

狩梦奇航
决战机甲王

ACT
03

第三幕

空海骑兵

砰咚——砰咚——

正当阿俪准备扣动扳机,半空中突然传来两声炸裂的回响。

所有人都惊讶地抬头望去,发现一个粗糙、笨重的中古机器人,站在不远处一幢三层楼高的建筑的天台上。

机器人伸出橙红色的机械手臂,从背后的金属框中,掏出几枚铅球大小的河豚造型炮弹,用职业棒球手般矫健的姿势,一一朝半空中的铁鱼飞船投掷过去。

"……将军,臭弹没有对飞船造成明显的伤害。"

阿俪耳中的通信器响起铁鱼驾驶员的报告声。

她略有些吃惊地看着那些像小孩捏的雪球一样，毫无威力的炮弹，脸上渐渐露出嘲讽的笑。

"别小瞧！我师父制作的这些'毛血旺炮弹'，口味可是很不赖的哟！"

一个头戴铁皮盔和绿色防风镜的矮胖老头，坐在中古机器人肚子上方的半透明驾驶舱内，他看上去就像一只正在坩埚里泡浴的油腻大猪，并且被展示在拱圆形的廉价橱窗里，贴上了大降价的标签一般。

"赶紧滚！否则你们的'铁鱼'会变成'油炸鱼'！"

老头嘴唇上的两撇红胡子向上翘起，露出一张肥厚的大嘴巴。

他癫狂的大笑声在空旷的夜空中不断回响……

"那我倒想见识一下你的本事。"阿俪倨傲地将激光枪变形成狙击枪，瞄准了视线前毫无遮挡的怪老头。

然而这时，被扔得遍地都是的"毛血旺炮弹"，互相间溢出了一缕缕红黑色的油光，不一会儿，厚重的红油电磁波像一张巨大的面具，遮盖在地面上。

"这是油性电磁炸弹！这个数量级……可、可以把方圆十里夷为平地！"洛楚·傲蔑夫声音尖厉地惊慌大叫起来。

柳嘉看着油光越来越强烈的电池炸弹，也惊恐得不知该如何是好。

"阿俪，梅里博士需要完好无损的能量核心！停止你的行动！我的铁鱼飞船战队可没兴趣陪你送死。"阿俪的通信器里传来威蜢将军歇斯底里的声音。

"怪老头，算你狠！"阿俪恼怒地低吼着收起了枪，轻蔑地看了一眼小狩梦人，"今天先放你们一马。下一次，可没这么好运了！"

话说完后，她愤怒地甩动马尾辫，转身重新跳到一艘铁鱼飞船的侧舷上，指挥飞鱼战队快速撤离了炸弹区域。

"可、可恶的阿俪——等等我！"

铁鱼领航船中传来威蜢将军的怒喝声，领航船像漏气一般喷着一团团浓厚的黑烟，朝铁鱼战队追赶过去。

被"毛血旺炮弹"包围的小狩梦人和修，屏息静气地看着红油电波慢慢减小，直至熄灭后，才长长地松了一口气。

"死老头，想让我们和敌人同归于尽吗？"易天爵破口大骂。

柳嘉的脑海里瞬间晃过在时间裂隙站里，自己与罗西初遇时的画面……

"我可没想那么多！"油腻怪老头闷声抱怨着，一边驾驶机器人迈着像灯柱般的双脚走到小狩梦人旁边，"要不是师父让我来，我才懒得来——烧烤飞船这事，我早就玩腻了！"

"您到底是——"戚梦紫礼貌地问。

"来得还真是时候，你这老东西。"天空中突然传来一个

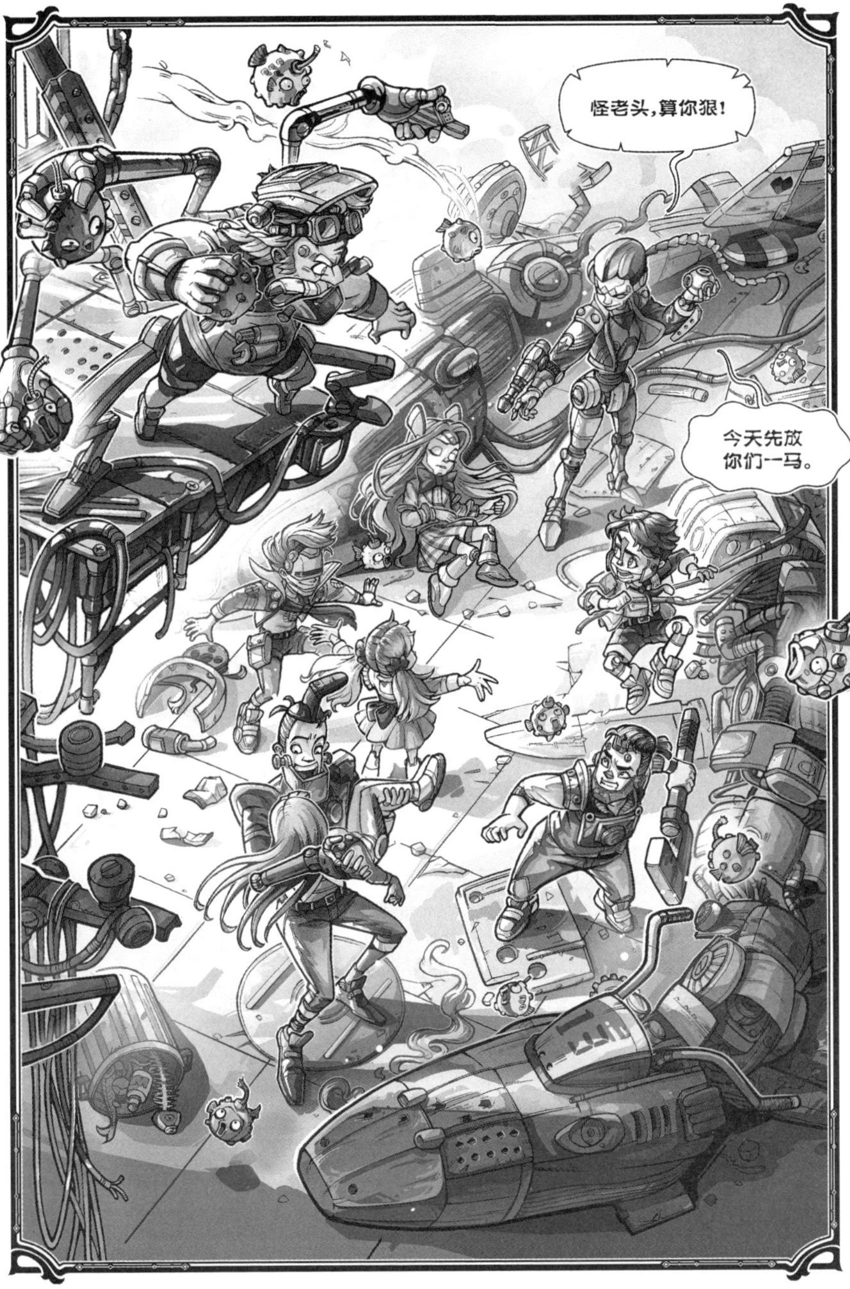
怪老头,算你狠!
今天先放你们一马。

咬牙切齿的声音，老烟斗驾驶着"金属狂潮号"重返战场，从被击碎的飞船舱里探出头，瞪着红胡子怪老头，"告诉你，梅里那个老匹夫，轰了我的收藏室！"

"嘿！既然他撕毁了和平协议，那接下来好玩的事情，可不能少了我！"油腻怪老头兴奋地咧开大嘴，指挥机械手从身后的铁框中取出几枚"毛血旺炮弹"，像马戏团小丑一样高兴地扔着投接球。

炸弹外壳闪烁着幽暗的荧光。

"那是必然。"老烟斗桀骜地坏笑着，叼起只剩下半截的金烟斗，朝着地面上的小狩梦人挥了挥手，"我要去召集几位老伙计，狠狠教训一下梅里那个老混蛋——别忘了三天后去老地方开会，老规矩，时间由老铁另行通知！"

说完这一连串拗口且摸不着头脑的话，老烟斗便驾驶着破烂的飞船启航，空中回响着一首老式的吉他民谣。

"喂！老烟斗！"油腻老头对着飞船喷火的屁股大叫着，"我是干粗活的，最讨厌开会——喂！"

老烟斗的飞船绝尘远去。

"接下来……怎么办？老地方和老铁又是谁？"柳嘉迷惑地眨巴着眼睛。

正在搜集地上没有爆炸的"毛血旺炸弹"，重新塞回铁框中的机器人停止了动作，它在油腻老头的命令下转过身。

"小鬼头，你是问我吗？老铁就是在下。"油腻老头的嘴角和红胡子一起高高地上翘,"想要找到我,就跟着我的机器人走!"

他说完,身体竟然像接触不良的电视画面般闪烁起来。

"是全息影像。"戚梦萦略微有些惊讶地说,"我们先跟上再说。"

柳嘉和易天爵一齐点了点头。

洛楚·傲蔑夫双手插袋,鼻孔朝天地跟上。

格蕾丝恨铁不成钢地瞟了洛楚·傲蔑夫、玛尔塔一眼,冷哼一声说:"我可不会和你们一起发疯。"说完,掉头就走了。

玛尔塔焦急地看着格蕾丝的背影,有点想哭,但最后她还是选择和小狩梦人一起前行。

修甩了甩头发,酝酿了一下情绪,也继续跟在人群之后。

中古机器人带着小狩梦人,鬼鬼祟祟地穿街过巷,往旷野的方向走去。路上,遇见一个正在小区阳台上晾晒衣服的铁皮人保姆。

中古机器人忽然停了下来,对着铁皮人保姆飞吻:"艾丽莎,你又胖了……"

铁皮人保姆揉了揉眼睛,看到中古机器人,吓得洗衣盆都砸在了地上:"哇,是老铁的油腻机器人……"

过斑马线时,中古机器人教训了一个闯红灯的酒鬼铁皮人。

一群在路边贴小广告的铁皮人,看见老铁的机器人来了，犹如遇见灾星，纷纷豕突狼奔地逃走，有的还不慎掉入阴沟里。

"看来，这个叫老铁的家伙，在瘠岭市区里，形象极具欺骗性……"易天爵蹙着眉小声对柳嘉说道。

"没错，我也有这种感觉。"柳嘉有点心烦意乱地说。

"据我了解，老铁以前就是瘠岭的城市管理员……"修揉了揉鼻子，打了个喷嚏后，说道："这应该就是职业的魅力吧……"

中古机器人在市区绕了几个圈后，好几艘在空中悄悄尾随的铁皮人警察摩托艇暴露了位置。快到达旷野时，中古机器人朝天空扔了数枚"毛血旺炸弹"……巡逻摩托艇赶紧飞走了。

"好了，今天就到这。下班了，我要去吃晚饭了。"中古机器人忽然停了下来，发出快要报废的"嘎吱"声，"明天早上七点，来这个路口集合。"说完，它就直挺挺地倒在了地上。

一阵风吹过，几粒沙子撒在机器人的躯干上，机器人一动不动。

小狩梦人一脸惊愕。这就完事了？

"喂？老头，搞什么鬼？我的时间非常宝贵！"洛楚·傲蔑夫的忍耐已经到了极限。易天爵的怒气槽同时爆发了，两个人跑上前去不停地踢机器人的屁股。中古机器人发出一阵舒畅的"嘎吱"声，装载的系统音乐自动播放起萨克斯风

格的《回家》旋律。

"倒车，请注意……""倒车……请注意。"

"城市管理者2号机器人，由老铁机械铺荣耀出品。"

"损坏，请照价赔偿——"

一整晚，小狩梦人只能躲在沙丘避风处，草草休息。

还好易天爵从野外挖掘到几个土豆，找戚梦紫商量用"火球术"烤熟。在玛尔塔的劝说下，洛楚·傲蔑夫很心疼地拆开了一颗"百味烟雾弹"，小心翼翼倒出里面的粉末，让大家选择自己喜欢的烹调口味。

柳嘉和玛尔塔的运气很好，土豆蘸的粉末酸酸甜甜的。

戚梦紫的比较咸。

洛楚·傲蔑夫蘸的粉末带有巧克力味。

易天爵则比较倒霉，苦味粉末嚼开后全是芥末……喷出来的鼻涕全是绿油油的。

于是，易天爵和洛楚·傲蔑夫在旷野里又打了起来……

第二天一大早，小狩梦人顶着黑眼圈，来到旷野路口时，怪老头的中古机器人还在地上躺尸。

柳嘉却意外地看见了两个熟悉的身影。

"嗨——英雄们，准备离开了吗？"

修靠在路边的一棵酸枣树上,一边吐枣核一边云淡风轻地朝大家挥了挥手,但被所有人集体无视了。

修的对面,格蕾丝冷冰冰地环抱双臂,一言不发。

洛楚·傲蔑夫和玛尔塔开心地跑上前去,玛尔塔更是直接伸开胳膊,给了格蕾丝一个几乎窒息的拥抱。

"格格,我就知道你不会抛弃我们!"

格蕾丝牵动了一下嘴角,刚准备还玛尔塔一个拥抱,却看见小狩梦人齐刷刷地朝自己看了过来。她抬起的手微妙地转变方向,落在玛尔塔肩膀上,将她推开了。

"我还是不同意你们擅自行动。"格蕾丝冷冰冰地说。

玛尔塔委屈地噘起嘴,洛楚·傲蔑夫也郁闷地垂头丧气着。

柳嘉刚想要上前劝说,戚梦紫却轻轻拉住他的衣袖,摇了摇头。

"但身为队长,把你们平安带回基地,是我的责任。所以我会跟着你们。不过——别指望我做什么,过度干涉梦域碎片引发灾变,后果由你们自负。"格蕾丝望着天空,假装不近人情地说。

洛楚·傲蔑夫和玛尔塔拼命点头,柳嘉也和伙伴们相视一笑——不管怎么样,除了罗西,所有成员都到齐了。

"嘿——小英雄们!"

"我并不想打断你们的深情厚谊,但请别忘了这里还有我呢!"修拍了拍身上的灰土,"我暂时没事可干,也许你们的冒险，需要雇用一个熟知本地事务的瘠岭万事通。那怪老头我可熟悉了……"

"嘎吱——起床啰。"低沉的电子音忽然响起。

"太阳当空照，花儿对我笑，小鸟说早早早，你为什么背上小书包……"古怪的歌声从众人背后传来。

柳嘉转身，只见中古机器人冒着白烟慢慢从地上爬了起来，仰天高歌："我要去巡逻，天天不迟到……管闲事开玩笑，老铁要为瘠岭立功劳。"

老铁的影像穿着一件上面标记着"大铁皮"字符的印花背心，打着哈欠出现在中古机器人半透明的驾驶舱里。

"小鬼们，你们好。不好意思，我来晚了。"

"我还以为你死了。"易天爵探过头，盯着老铁的影像说。

"别说瞎话，昨天的恶战，机器人的能量消耗很大，需要充能。另外，我师父叫我回去有急事。"老铁语重心长地回答，"对抗梅里一伙恶势力，要论持久战。只会打打杀杀的人是走不远的，更要学习人情世故……譬如我……"

"老铁先生，请问接下来我们应该去哪里？"戚梦萦拉住即将暴走的易天爵，语气平和地问。

"问得好！"老铁的影像在驾驶舱里竖起大拇指，"有脑子的人和脑子一根筋的人，区别是能分清楚重点。"

这时，天空中忽然传来一阵螺旋桨转动的轰鸣声。

一架标记着"老烟斗速运"的运输机，扔下几个捆绑着降落伞的大货箱子。在小狩梦人迷惑的眼神中，几个货箱慢悠悠地降落了下来。"砰隆哐啷"地砸在酸枣树附近的沙地上，扬起一小片沙尘。

"你们要去的地方有点远。"老铁自豪地指向那几个货箱，"所以，我英明神武、才华盖世的师父，给你们送来了礼物。"

"哇哦！这是最新款空中赛道版蜂鸟957……真是大手笔。"修一脸羡慕地围绕着半人高的货箱左右打转。

老铁打了个喷嚏，狠狠瞪了修一眼："鸡冠头，你可以走了。梅里的人正在清剿流浪者营地，你不该在这里瞎混。"

柳嘉和伙伴们惊讶地对视着——难道怪老头和修素不相识？

"我现在什么也做不了。"修苦笑了一下，"流浪者被清剿那也没办法……"

修说到一半，发现所有人都目光炯炯地看着他，尤其是柳嘉，于是微微咳嗽了一下继续补充道："别担心，蒙特小镇的居民们会提前躲起来。梅里真正要抓的人是我。"

"咳咳咳，老铁，让我去你那里躲躲。梅里那伙人太坏了，你可是瘠岭无辜市民的隐形守护者。"修一边嬉笑地说着，一边飞速地站到小狩梦人身旁。

"好吧。"

"刚好我没电了，需要太阳能充电。"

"那就由你领路吧，带他们去我的工作室见我师傅。"老铁考虑了一会，答应了修的请求。

老铁驾驶中古机器人协助小狩梦人逐一打开了货箱。

货箱里装载的果然是四艘最新款蜂鸟造型的摩托飞艇!

飞艇车身的线条硬朗粗犷,椭圆形的车灯就像两颗金枕头榴梿。

"哇哦!这辆雪域抹茶涂装是限量版……"

修心满意足地坐上了一艘白色摩托飞艇,屈膝将一只脚踩在坚硬的踏板上,朝小狩梦人比了一个"胜利"的手势:"是不是很般配?可惜'破铜''烂铁'都不在。"

柳嘉和易天爵一扫颓靡,相视一笑,摩拳擦掌地骑上了一辆蓝色摩托飞艇。说起来,他还只是一名学生,除了在儿童乐园试驾过卡丁车和碰碰车之外,这可是他第一次骑上真正的摩托飞艇。

"大话精,要不要来点刺激的?"易天爵将柳嘉推上摩托飞艇后,胳膊绕过他按下了车头上的红色"Sport"按钮。

"竞速模式!"

一个机械的电子声播报着,摩托飞艇的车灯忽然像警灯一样交错闪烁起来,两根蜂鸟造型的电镀银排气管从车尾伸了出来,险些扎到易天爵的小腹,"嘭嘭"地直冒黑烟。易天爵被好一阵烟熏火燎。

"大酋长!"

戚梦萦不悦地发出警告,她已经和格蕾丝坐在了一辆橙黄色的摩托飞艇里,发动机轰鸣着,喷出一股股青烟。

"酷!这才是男人的车!不得不说,怪老头的师父够意

思。"易天爵赞叹着,目光又巡视了一圈,发现四艘摩托艇都已经有人驾驶了。他赶紧走到一旁,掀开正在调试一艘绿色摩托艇的洛楚·傲蔑夫,骑上去后飞快地按下了启动键。

"住手,鸭嘴兽!这是我的摩托艇!"洛楚·傲蔑夫愤愤不平地说。

"你的?黄毛猴,写你名字了吗?"易天爵不以为然地说。

争抢中,洛楚·傲蔑夫开启了"飞天模式"。

语音播报声响起,绿色摩托艇的两边伸出了蜂鸟一般的尾翼,易天爵还没来得及做好心理准备,摩托艇就已经载着他冲上了天空。

易天爵飙升的怒吼响彻旷野,戚梦萦无语地揉了揉眉心,载着格蕾丝也飞上了天空。

洛楚·傲蔑夫一脸愤恨地跑到蓝色摩托艇前,把柳嘉驱逐开,紧跟在戚梦萦和格蕾丝身后,朝易天爵追去。

玛尔塔看了一眼满脸纠结的柳嘉,爽快地拍了拍修驾驶的白色摩托艇的后座:"挤一挤吧,坐这里!你听过这句话吗?飙车一时爽,亲人两行泪。"

修一抹鸡冠头,自信地笑了:"有道理。我可是老司机。"

瘠岭城外的旷野,洁白的雪原之上,一阵阵巨大的轰鸣声,惊醒了鸟兽的美梦。

四艘摩托艇飞行在碧空中,你追我赶,好不热闹。

"修老大,你骑行的这个方向对吗?"

戚梦萦和格蕾丝减慢速度，和修、玛尔塔、柳嘉并驾齐驱。

"唔，指针显示正确。"修拿出一个罗盘，不太确定地点了点头。

"怎么感觉我们已经绕瘠岭一圈了。"戚梦萦接着说。

玛尔塔指向远处从白雪中裸露出来的一艘破船，船头以四十五度角倾斜着，牢固地插在山崖下方："那个船头，我已经见过一次了。"

"我们会不会迷路了？"柳嘉嘟着嘴附和。

"唔……那骑慢一点，据我所知，老铁的工作室应该就在附近了。"不知不觉间，修的额角流出了几滴冷汗。

第三幕 结束

ACT 04

第四幕

神秘天才师父

深紫的天幕之下，瘠岭郊外一处隐蔽海湾。

漆黑的海浪平静地拍击着崖岸，发出源源不断的冲击爆响声。

冰雪覆盖的山崖下方，一个倒扣着的船头宛如铁碗般嵌在一处临海洞穴的洞口。包裹铁皮的船沿上，龇出颗颗尖利的钢钉，上面布满了铁锈和发光的海草，远远望去犹如恶龙的爪牙。

老铁坐在一个小小洞穴里，摘下头盔，关闭了面前的遥控装置。他拿起一杯冒泡的啤酒，一口气灌进了肚子里，满足地打了一个响亮的酒嗝。

昨天一早,师父交代他去解救几个异乡小孩。

老铁向来讨厌和陌生人打交道,但他对师父的钦佩,足以让他暂时放下内心的固执。

事实上,老铁到现在都还感到吃惊。

几天前,师父突然出现在岩洞里,声称要制作一头机械巨兽。

老铁对此嗤之以鼻,不仅仅是因为机械巨兽的制作过程无比复杂,还因为站在他面前的,只不过是个十岁出头的小男孩。

"快滚吧,小鬼。这里可不是玩具店!"老铁当时尖叫着轰赶男孩。

"玩具?你做的这些铁皮垃圾,还入不了我的眼。"男孩上下打量他一番,语调充满了高傲与轻蔑,"听说老铁是瘠岭第一机械师,真遗憾,你的实力恐怕……把机械巨兽的外壳做出来都够呛。"

"小屁孩,难道你可以?"老铁就像听见老鼠嘲讽猫,气得哈哈大笑。

"那当然。"男孩信心满满,"这些工具和烂铁皮,勉强够用。"

"哼,吹牛小心被割掉舌头!"老铁轻蔑地冷哼,"别说做出机械巨兽,如果你能把设计图纸画出来,我就叫你一声师父!"

万万没想到的是，小男孩竟然不到一刻钟，便画出了完整的图纸。

作为瘠岭第一机械师，老铁很快就看出来，这张设计图巧夺天工，远超他的实力!

"时间有限，我只能做个简单的设计。"男孩将图纸扔给他时，轻描淡写地说，"好徒弟，替我去准备材料吧。我可不想在你这个破洞里待太长时间。"

老铁既气愤又激动……当他看见男孩亲手敲打那些铁皮，并编写智脑程序时，他打心眼里服气了，心甘情愿地当上了这个十岁男孩的副手。

不过，男孩究竟从何方而来？为什么要做机械巨兽？

当老铁好奇询问时，男孩只是淡淡地回答："我在找一个人，需要他帮我揭开一个游戏的谜底。"

谜一样的男孩。男孩的一切对于老铁都是解不开的谜。

他唯一清楚的只有男孩惊世绝伦的才能，说不定与荆棘之王……

好在男孩虽然有些玩世不恭，但却双目清澈，富有同情心，与荆棘之王并非同类。

至少现在不是。

很好，快于预期时间，顺利完成了师父交代的任务。

老铁神清气爽地哼着小曲，朝岩洞深处走去。

当他走到岩洞深处最大的一处空地时，看见两个伪装成铁皮人的小个子，正站在那里神情紧张地吞咽着口水，手里还拽着一张"瘠岭第一机械师·老铁工房"的打折券。

一小时前，这两个叫作"破铜"和"烂铁"的臭小子跑来找他修理机械，当时他不在，于是师父替他接下了这一单生意。

嶙峋的岩石壁上，挂着几盏长长的"发光鳗鱼灯"。

洞穴里靠墙放置的钢架上，堆满了大大小小的金属零件、器械和各种工具。而在光线的聚焦处，一个专注的身影背对着他们，站在一张金属工作台前。

无影灯照亮了那个人手中的螺丝刀，工作台上躺着一只破破烂烂的老式铁皮兔载具。两个茶壶大小的蜂鸟机械助手，转动着背上的螺旋桨，不停地来来回回为那个人递拿着各种工具和零件。

"不但东西没有卖掉，"TuGa"还被那个坏女人阿俪打坏了……""破铜"沮丧地低着头唉声叹气，"修老大应该也已经变成'恶棍角斗场'里的一堆烂泥了吧……"

"烂铁"抽泣了两声，和"破铜"一起揉着眼睛大哭起来。

"老铁的师父，请您一定要帮我们修好它！"

嗞嗞——扎耳的电流声中，铁皮兔子的眼睛突然亮起了红灯。

"TuGa""破铜"和"烂铁"愣了愣，破涕为笑地快步冲上前去，紧紧地搂住了铁皮兔子的脖子。铁皮兔子用它的长耳朵，安慰般地轻轻拍打着两个男孩的后背。

"集成线路板换了新的，它需要一点时间适应。"身影转身望着"破铜"和"烂铁"，一张桀骜而又俊美的面孔，在橙黄色的灯光中仿佛闪着光，身上的工作服上沾满了黑色油污，"好了，付钱吧，27个金螺贝。"他摘下橡胶防滑手套，将手伸到了"破铜"和"烂铁"面前。

"师傅……您还收不收小弟？""烂铁"和"破铜"交换了一个默契的眼神，抬起土气的眉毛咧嘴坏笑起来，"27个金螺贝只能换半块好铁皮，但我们可以尽心尽力地跟随您，直到您死翘翘为止！"

"没、没错！""破铜"认真地点了点头，"您是瘠岭第一机械师的师父，又帮我们修好了'TuGa'。请您当我们流浪者的第十八任老大！"

"嘿，你们居然想吃我师父的霸王餐？"老铁嘲弄地扫视了一眼"破铜"和"烂铁"，冷哼着走到身影面前。"师父，你邀请的人迷路了……不过绕了半天，已经来了，随后就到。"

神秘男孩嘴角的笑容逐渐绽放，犹如百合花开。他走到旁边一个堆满金属零件和仪器的工作台旁，俯身凑在一块放大镜上观察着什么。

"当你们老大，有什么好处？"

神秘男孩漫不经心地问，一边小心翼翼地用一把牙签大小的焊枪，固定嵌在一个方形铁环上的白色晶石。工作台上不时飘散出一丝黑烟。在他手腕的乾坤手环上，几个红色的小光点，正朝一个蓝色的小光点逐渐靠近。

"您可以住在蒙特最赛博朋克气质的船屋里！"

"螺栓奶奶做的机油咸鱼杂碎汤非常好喝！"

"座驾是铁钳大伯做的暴走机械龙虾！"

"您的遗像将由铁镐先生亲自绘制！"

"……"

"破铜"和"烂铁"你一言我一语，兴高采烈地大声回答。

"上一任的修老大，好吃懒做，嗜赌如命。运气不佳踢球脚臭！除了给人添麻烦，我想不出他都会些什么！花光了前任老大的积蓄就不说了，他还自以为很帅气——""烂铁"抱紧双臂，神情严肃地闭目回忆，"所以，比起一无是处的修老大——'破铜'，你为什么老是拽我的衣服？！"

好了，付钱吧，27个金螺贝。

没、没错！您是瘠岭第一机械师的师父。

师傅……您还收不收小弟？

"烂铁"不耐烦地睁开眼睛，顿时被眼前的景象吓了一跳！原本空荡荡的岩石洞穴里，不知何时挤满了人，并且人们都用满脸便秘的表情望着他，气氛十分的尴尬。

一个鸡冠头青年捂住胸口，一脸无法置信的表情。

"修、修老大?!" "破铜"和"烂铁"不约而同地尖声惊呼。

"罗西?!"而站在另一边的人群，则爆发出一片更为震惊的大叫声。

柳嘉欣喜得双眼闪闪发亮，戚梦萦疲倦的脸上也露出了一丝笑意。

第四幕 结束

ACT 05

第五幕

零号机图纸

"好吃懒做、嗜赌如命、踢球脚臭……喂，你们说的那个人，是我吗？"修神情冷漠地瞪着满头冷汗的"破铜"和"烂铁"。

"英明神武、才华盖世——老铁的师父，居然是你？！"洛楚·傲蔑夫仿佛上当受骗般气恼地低吼着。

玛尔塔笑着朝罗西挥了挥手："嗨！"

格蕾丝收起了防风镜上的红光，饶有深意地冷笑一声说道："哼，小子，原来你早有准备……偷偷干了不少坏事吧？"

"可恶的死鱼眼，我们在前方出生入死……你却躲在这里坑蒙拐骗!"易天爵恼火地抱怨着。

"对于头脑简单、四肢发达,或因循守旧、胆小怕事的人……"罗西冷哼着放下电焊枪,不以为意地审视了一眼和他面对面的几人,"在这种人明白事情的重点之前,与其合作纯属浪费时间。"

戚梦紫和格蕾丝的眼角愠怒地抽动了一下。

玛尔塔不高兴地嘟起了嘴巴。

易天爵和洛楚·傲蔑夫气急败坏地冲上前,两张愤怒的脸挤在了一起。

"可恶的死鱼眼——"

"臭罗西——"

"罗西,那你做了些什么?"柳嘉不服气地抱起手臂问。

罗西淡淡地冷笑了一声,将嵌好晶石的方形铁环用钳子夹住,放在了另外六个一模一样的铁环旁边。

"雪狼师父!您居然独自完成了能量超导器!"老铁快步走上前,惊叹地望着在灯光下闪烁着淡淡金属光泽的铁环,"黑陨石稀土中和炼化,加入氮、氢和镥元素,加大密闭气压,就可以在恒温下实现能量核心碎块间的电磁传导,无损且变得稳定、强效……简直太惊人了!天才之作!"

老铁说着说着,兴奋的情绪突然暗淡下来:"但是,我好像去晚了,能量核心被梅里博士的人抢走了……"

"笨蛋们不善于把握机会,这很正常。"罗西嘲弄地翘起一边嘴角。

其余六位小狩梦人，此时只能面面相觑，像一只只闷着腾腾热气的茶壶，恼火地鼓胀着腮帮子。

"老铁先生，请问梅里博士千方百计地想要得到能量核心，究竟有什么目的？"戚梦紫率先打破了沉闷。

"那个老疯子，当年就不安好心。"老铁恼火地说着，将铁皮头盔摘下，露出光溜溜的脑袋，"瘠岭的前身是葱岭的一部分，矿脉被挖掘后，打造的上百艘远洋船舶组建成的海上城市，后来运行了太多年，大部分船身都已经朽坏，不得不返回残破的葱岭，也就是现在的蒙特。"

"原来是这样。难怪铁镐大叔说，我们都是被遗弃的铁皮人矿……""破铜"和"烂铁"郁闷地对视了一眼。

修靠在一边的墙角气恼地若有所思。

"说得没错，梅里一伙就是这么认为的。"老铁抬头看向工作台背后的铁架上，那儿有一艘破旧生锈的金属船模，"瘠岭正在渐渐沉没……我们想修好发动机，用能量核心当作动力源，让瘠岭继续在海上航行。但梅里却想制造更多的铁皮人，为他修补新船，舍弃瘠岭的一切，独自去寻找'蓝色大陆'！"

老铁愤怒地憋着一口气，岩洞中的人全都屏气凝神地望着他。

"请问，瘠岭还有多少时间？"戚梦紫神情严肃地问。

"按照损坏的情况，还能坚持个一年半载。"老铁懊恼地叹了口气,"但我最近听说,梅里准备拆卸瘠岭的主发动机。一旦他这样做了,瘠岭马上就会沉入海底,生活在这里的居民——无论是铁皮人还是流浪者,都无一能幸免!"

罗西指挥两只机械蜂鸟,忙不迭地为客人们递上一杯杯清亮的淡水。

戚梦萦低下头,陷入了沉思。

"喂,你该不会是……想当救世主,修复整个瘠岭吧?"洛楚·傲蔑夫惊讶地望着戚梦萦,"我只想和梅里的军队打一仗,证明自己比罗西强而已。其他事情,我可没时间和兴趣参与哟!"

"黄毛猴,你的意思是见死不救吗?你、你这算什么狩梦人?"易天爵一脸鄙视地瞪着洛楚·傲蔑夫,"打、打、打,就知道打,你的脑子呢?懂不懂路见不平,拔刀相助?"

"你……"洛楚·傲蔑夫满脸涨得通红,"你,居然敢说我没脑子?"

"行了。你们别吵了。"玛尔塔和柳嘉一左一右,让剑拔弩张、即将开打的两个人息怒。

"我持保留意见。"格蕾丝冷冰冰地回答,"'金色螺号'队从不做多余的事,我们的任务仅为解救目标受害人,还有搜索梦魇噬魂珠。"

玛尔塔赞同地点了点头。

"总还能做点什么吧……"柳嘉摸了摸鼻子,小声地抗

议说。

"大家请听我说!"戚梦萦大声地打断了岩洞中争执不休的局面,沉着地扫视了一眼周围人,"瘠岭的海浪,既能为披荆斩棘的舰船送行,也可以为随波逐流的轻舟送葬。所以,除了完成任务之外,我和罗西已决定和梅里博士战斗到底。"

窄小的岩洞中回响着戚梦萦铿锵有力的声音。

所有人都沉默了下来。

"你太天真了,火焰女孩。"修用双手搓了搓自己滚烫的脸颊,嘲讽般地撇嘴笑了笑,"梅里博士最可怕之处,不是他的铁皮军队,而是机械怪兽——嘎多。光是它就足以摧毁大半个瘠岭。我们是以卵击石,毫无胜算。"

"修老大,难道我们什么都不做吗?""破铜"和"烂铁"一副果然如此的表情,失望地看着修紧绷的脸。

"修?信二的儿子?"老铁惊讶地上下打量着修,"当年正是瘠岭第一科学家——信二提出了能量核心的使用方法。没想到他的儿子这么没有骨气,还真是虎父犬子。"

所有人都惊讶地朝修看了过去,"破铜"和"烂铁"的神情尤为惊讶。

修满脸通红地咬紧牙,好不容易从牙缝里挤出一个干涩的声音:"他是他,我是我。"

"胜率低于12.7%,我们没兴趣参加。"格蕾丝说完挥了挥手,和洛楚·傲蔑夫、玛尔塔一起转身准备离开。

"那还真是遗憾。"一直沉默的罗西,坏笑着扬起了眉毛,"看来你们没有机会了解到,真正的超感连接究竟是怎样的了。"

"金色螺号"队员们愣了愣,转过身恼怒地望向罗西。

"你什么意思?"罗西满眼轻蔑之色,对"金色螺号"队的成员们冷哼了一声,摁了一下自己的乾坤手环——上百张大大小小的光影图纸飞快地在半空中展开。

柳嘉目瞪口呆地望着这些图纸,上面用金线描画着各种精密的机械零件,动作参数、能量解析表格……令人眼花缭乱。

"这、这难道是……"老铁的声音激动地颤抖着,他的话音还没落,光影图纸纷纷集中并叠加。

几秒钟后,七个由金色线条组成的战斗机器人光影模型出现在了半空中。

"太、太帅了……"柳嘉正要震惊地感叹,旁边却响起洛楚·傲蔑夫喃喃的声音。格蕾丝略有些惊异地哼了一声。

"虽然不想承认……但这小子的确有点东西。"易天爵略有些艰难地咂巴起嘴唇。

戚梦紫脸上也露出欣喜的笑容。

"确实惊艳,不过,嘎多的强大比你们想象的……"修的劝慰的话还没来得及说完,七个造型各异的机器人飞快合体变形,变成了一个雄壮的巨型机器人。

柳嘉的双眼闪闪发光,激动得几乎要尖叫起来。

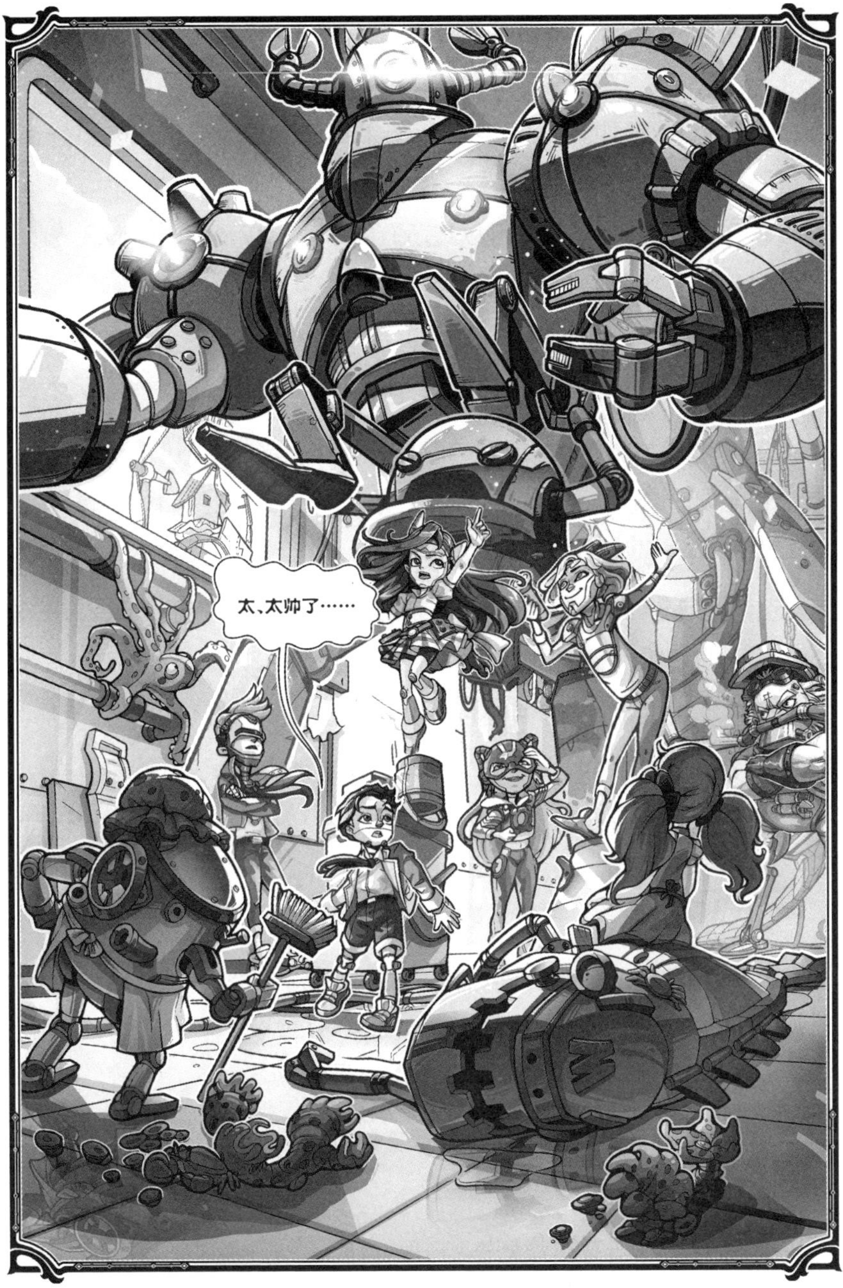
太、太帅了……

"这是'西多',零号机。"罗西得意地笑着,"我根据收集有关'嘎多'的情报,设计了这个机器人。它的驱动能源和嘎多一样,需要能量核心。而这个——"罗西拿起一个方形铁环向其他人示意,"可以将所有能量核心以及碎片,实现无损能量互相连接传导。"

"就像'超感连接'的原理。"格蕾丝不服气地龇了龇牙。

"没错。"罗西高傲地翘起一边嘴角。

洛楚·傲蔑夫激动得满脸通红:"给、给我点时间,我、我也能设计出一个可以变形的生化魔人——之、之类的东西!"

"我很期待。"罗西咧嘴坏笑。

洛楚·傲蔑夫气恼得浑身颤抖。

"所以,现在我们需要做的事情就是——"戚梦萦双眼闪烁着坚定的光,"夺回能量核心,造出西多,打败梅里。"

"我早就想教训一下那个藏头露尾的混蛋了。"易天爵浑身仿佛燃烧着熊熊战火,斗志昂扬地用力抱拳。

"我们真的可以用那个机器人战斗吗……"柳嘉不敢相信地问道。

"只要图纸完备,机器人的制造尽管交给我!"老铁将胸脯拍得砰砰直响,"虽然时间紧张,但我会赌上瘠岭第一机械师的荣誉,决不让你失望,雪狼师父!"

"我们回蒙特去,请其他流浪者们来帮忙!""破铜"和"烂铁"激动地说。

修惊讶地看着他们。

罗西和戚梦萦、柳嘉、易天爵相视一笑。

四个小狩梦人,伸出右手在空中默契击掌。

"'金色螺号'队绝不能输给'绝佳洗衣液'队……"洛楚·傲蔑夫呢喃道。

"洛洛,不会的!"玛尔塔安慰地说。

格蕾丝用闪着红光的防风眼镜,扫描着半空中合体的机器人立体模型。

"科技含量等级B。"关闭眼镜的扫描红光后,格蕾丝闭上眼睛认真思考了几秒,随后撇撇嘴不耐烦地说道,"那好吧,既然你们一定要挑战极限……那就战吧!我很期待……会超感连接的机器人,战斗参数值会有多爆炸!"

第五幕 结束

ACT 06

第六幕

修与阿俪的故事

在一片喧闹声中，修独自落寞地走出了岩洞。

他躺在岩洞附近的一块大礁石上，借着翻滚的浪花声，头枕双臂仰望着夜空中那一轮巨大而苍白的圆月。

老铁的话犹如一块扔进泥潭中的石块，激荡起他脑海中那些如尘泥般的回忆。忧愁的情绪随着海浪声，在修的心中此起彼伏。

修无法控制地回想起了三年前的往事……

那年夏天，白色马蹄莲疯长。

修结束了在蒙特流浪者营地一天的编程工作,疲惫地将一辆二手浮空车,停驻在一座白色的小木屋前。

修手捧着玫瑰,而木屋里的灯火,却已熄灭。

修感觉奇怪,平时的阿俪并不会这么早休息……或许她现在正惬意地给弟弟小明,讲述着睡前童话故事呢!

"阿俪,我回来啦!"修推开门,温柔地呼唤。

阿俪是他的恋人,更准确地说,是他的未婚妻。

——没有人回应。

修扫视着房子,屋子里空荡荡的。

原本温馨有爱的房间,此时气氛极为压抑。

客厅里一片狼藉,卧室空着,浴室空着,儿童床空着。

哪里都没人。

"怎么回事?人呢?"修呢喃自语。他又检查了厨房冰箱贴,看是否漏掉了一张关键信息的纸条。但那里什么都没有。

也许是小明病了?或者回亲戚家什么的。难道出海观景去了?修猜想着。

但盘踞在他内心中的不安,变得越来越强烈,甚至令他忍不住双手颤抖起来……

这一阵子,梅里博士下令铁鱼飞船队四处抓捕年轻的流浪者,将他们"进化"成体格强壮的铁皮人,为他修补船舱。难道阿俪她……

修从口袋里掏出一部老式直板电话。

真蠢，他现在才发现电话已经没电自动关机了！

修慌忙给电话充电，正如他所料，自己错过了阿俪的电话和留言。

"修，是我。有……有大事发生了。梅里博士的人找来了……他们要带走我和小明，我们会没事的……我爱你，再见。"电话里传来阿俪的哭泣声。

"混蛋！"修暴怒地将电话摔在地上，不知所措地搓揉着头发。

当他冷静下来，连忙将电话捡起，立刻再次拨打阿俪的电话。

对面只有一片嘀嘀的忙音。

"不……阿俪！小明！"

修一遍又一遍重播着语音留言，试图分析出点什么。

但阿俪含糊其词，听起来心慌意乱。

可能她有所顾虑。难道是梅里博士的人让她说这些话吗？可能吧……修是信二的小儿子，梅里博士的眼中钉。如果是这样的话，那么……

修感到一股刺骨的寒意。

明白了，梅里的人收到了关于流浪者的情报。

抓捕目标原本是修，但意外的是，他为了买玫瑰回来晚了。

修的思维进入防御模式，他走进杂物间，从暗藏的工具箱里找到一把激光枪。而当他来到客厅时，后背突然传来一

阵剧痛。修伸手摸了一下痛处，湿漉漉的……是血。

修回头看了一眼，一个黑影伫立在他身后。

那是一个铁皮人，双臂是两柄尖刀，看上去像螳螂的手臂——他是铁鱼飞船战队"威蜢将军"的手下。

修举起激光枪。

铁皮人在枪响后轰然倒地。

当修冲到房屋门口，想要逃跑时，铁皮人又摇摇晃晃地重新站了起来。

尖刀再次划过修的后背，修发出一声惨叫，激光枪从他手中掉落。

来不及捡起激光枪了，铁皮人显然要将他赶尽杀绝，就像对付他的父亲和其他亲人那样。这时，修看见门边有一节裸露的电线。他抓起电线便缠在铁皮人脚上，并且打开了附近的电源开关。

铁皮人被电流击倒在地上。

修取出绳索，将它用力地捆绑起来，一只脚踩在它的身上。修检查了一下自己的伤势：伤口没什么大碍，缠上几条绷带就可以了。

当汹涌的肾上腺素退去，修冷静了下来。

很显然，阿俪和小明正处于危险之中，而且和他有莫大的关联。

愤怒让修变得冷酷而平静。他拿起那节电线，放到了铁皮人的面前。

"给你一次机会。"他厉声问,"阿俪和小明在哪儿?"

"梅、梅里博士要你代替你父亲,去帮他工作。因为抓不到你,所以用人质做诱饵。"铁皮人回答,"我留下来,只是传话而已。"

"阿俪和小明到底在哪儿?"修举起电线,疯狂地咆哮着,"别怀疑,我可以用各种方法对付你,我绝对是个冷血的混蛋!"

铁皮人尖叫着说出了地址。

修点了点头,然后将电线扔在铁皮人的脸上。父亲和母亲因为拒绝变成铁皮人,被梅里博士害死时,他什么也没能做到……

这一次,他不会再坐视不管,无论付出什么代价,他必须救出阿俪和小明。

修捡起掉在地上的老式电话,然而父亲临终前的遗言却像闪电般划过他的脑海:"宁死也绝不能帮助梅里……绝不背弃瘠岭人民……"

修迟疑了,眼泪奔涌出眼眶。

他如果去救阿俪和小明,无疑就是羊入虎口。

梅里博士有的是办法,逼迫他使用从父亲那里继承下来的科研技术,为其工作。这样的情形,恐怕阿俪也无法原谅他。

他难道只能再一次眼睁睁地看着自己心爱的人死去吗?

修紧紧地抱住头,在黑暗中失声痛哭。

虫鸣声，渐渐替代了修回忆中的痛苦呢喃。

修躺在冰冷的岩石上，用一只手臂轻轻挡住了双眼。

月光下，一滴眼泪顺着脸颊长长地滑落了下来。

与此同时，在位于瘠岭远郊另一侧的海岸。

一轮巨大而苍白的圆月低悬于漆黑如墨的夜空中。

暗淡的光芒下，一座厚重的金属建筑屹立在漆黑的海水里，看上去仿佛跃出海面的巨型虎鲸。一个石油钻井造型的巨型金属平台位于建筑的下方，漂浮在结满冰霜的海面。

在高耸的平台之上，二十余根黄铜灯柱逐一被点亮，照耀着下方那些陷入惊恐的半铁皮人，以及被捉拿的流浪者。一群全副武装的铁皮警卫和十几条近两米多高的铁皮机械猎犬驻守在平台的最外围。

平台的正中央矗立着一个高大的古怪金属机器，形状像一个五边形选秀舞台。两根黑色的石柱分别立于平台的左右两翼，上方的黑色金属球缠绕着绿色电光。而在左边石柱的金属球上，嵌着一颗猩红的宝石，月光下仿佛流动着的殷红血液一般，看起来诡异而妖娆。

"下一个。"

头长得像鲇鱼的古铜色铁皮人站在机器前，大喊着用力摇了摇手中的铜铃。

一个身材壮硕的半铁皮人，用力撞开押送他的两名铁皮警卫，从人群中走向了那台冰冷的机器。

"接受属于你的荣耀，成为铁皮人吧！"鲇鱼铁皮人激动地大喊着，鸟窝般的碎铁丝头发下，喇叭形状的鼻子随着膨胀的嘴唇用力吹响，"这是瘠岭人的命运，你将追随梅里博士，前往希望之土——'蓝色大陆'！"

壮硕半铁皮人惊愕地打量着位于两侧的黑石柱，压低声音问："代价……是什么呢？"

"你现在拥有的一切。"

鲇鱼铁皮人露出奸猾的狞笑，双眼闪烁着诡异的红光。

壮硕半铁皮人倒吸一口凉气，挥拳将鲇鱼铁皮人打倒在一旁。

"我的儿子还在等我回家！我拒绝变成铁皮人！"

警铃声大作起来。

铁皮警卫和机械猎犬们，纷纷举起武器、亮出爪牙准备一拥而上，此时位于平台后方的高高阶梯之上，一个震天撼地的脚步声却由远及近，让所有人安静了下来。

"卑微的庶民，你胆敢拒绝这份恩赐？"

在众人惊恐不已的目光中，一个如小山峰一般的巨大黑影，从阶梯后方的高大金拱门中走出，愤怒的咆哮声令整片夜空都在随之震颤。

而当黑影杀气腾腾地在阶梯之上站定，明亮的月光褪去了它神秘的外衣，令平台上所有人变得更加惊恐万状的是——那是一个将近六米多高的巨型机械怪兽，无数坚硬而冰冷的铁块，焊接成了它巨大的身体和粗壮的利爪，狰狞的金属头颅像霸王龙般大张着嘴，尖利的钢牙闪耀着饥渴的寒光，背脊的剑齿上熊熊燃烧着绿色激光火焰。

"我赐予你永生的荣耀，而你是来送葬的吗？"机械怪兽的嘴里发出一个震耳欲聋的闷响声，壮硕半铁皮人早已吓得魂飞魄散，"把他拉上机器，熔解成铁水去修补船底！我要让所有违法者知道，反抗我梅里博士的下场。"

壮硕半铁皮人被一拥而上的铁皮警卫们推上了金属机器，无数道绿色电光从两根黑石柱上放射，命中壮硕半铁皮人的身体，开始吸食能量。

猩红色宝石也随之而变得越来越妖冶明亮。

绿光最终如细密的蛛网，将半铁皮人完全包裹起来，平台上回响着撼人心魄的惨叫声。其他的铁皮人惊恐得大气都不敢出。

而当绿光渐渐褪去，半铁皮人变成了一个浑身嵌满废旧螺丝的铁皮人。机械猎犬将它高高叼起，扔进了旁边一个正在喷着黑烟的熔炉里，眨眼间便熔解成了一摊铁水。

一个中年女铁皮人，目睹这恐怖的一幕，惊骇得昏倒在了地上。

"梅里博士，这样真的没关系吗？"阿俪站在机械怪兽的肩膀上，在冰冷的夜风中面色忧虑地低语。

机械怪兽头顶上方的一个透明玻璃舱门，高高抬了起来。

一个浑身散发着骇人黑气的身影，慢慢地朝她转过了头。他的头顶上披着厚厚的黑色斗篷，脸上戴着既像人类又像野兽的青铜面具，看上去狰狞而又丑陋。

"怎么，你同情他们？"

"不。我指的是您指派给我的下一个任务——拆卸瘠岭的主发动机。"阿俪面无表情，冷漠地回答说，"一旦失去动力，瘠岭便会马上沉没，这样真的没关系吗……"

"当然有关系。"梅里博士冷笑着回答，扭头看向正一个个被推进机器里，变成铁皮人的瘠岭居民，"瘠岭早已经是一个没用的累赘，追寻伟大的理想，总要有人牺牲。而你——"梅里博士警告地瞟了阿俪一眼，阴森森地低吼，"别忘了自己的使命，否则总有一天，你也会和刚才的铁皮人一样，变成修船底的铁水熔液。而那时候，你的弟弟永远都不可能重见天日了。"

在梅里博士的大笑声和机械巨兽的咆哮声中，刚刚变成铁皮人的瘠岭居民们，被维持森严秩序的军警推搡着带离了平台。

阿俪抿住嘴唇，望着人流远去的背影，陷入了沉思。

第六幕 结束

> 这可难不倒我.

狩梦奇航
决战机甲王

ACT
07

第七幕

机器人战队诞生

　　月亮还没有完全落下,洋海的海平线已经浮现出一道橙红霞光,将倒映着深蓝天空的冰层,染上一抹朦胧的金黄。

　　瘠岭郊外海岸边的山崖下,回响着一阵阵铿锵有力的打铁声,洞口倒置着铁碗船头的洞穴中,此时只亮着一盏白色的电光鲇鱼灯。

　　易天爵背对着灯光,用力抡着大铁锤,敲打着砧板上烧红的铁块,被炉火熏得通红的脸上,沾满了混合黑色烟尘的汗水。

　　罗西戴着墨镜,坐在堆满了零件和图纸的工作台前,在迸射的火光中，专心致志地焊接着一组精密仪器。

洛楚·傲蔑夫困倦地眨巴着眼睛，而当他看见罗西旁边已经完成了四个仪器组时，便龇牙咧嘴地举起迷你炮筒，朝自己喷了一团"兴高采烈烟雾"，接着立刻像着了魔一般，继续亢奋地制作起面前的电路板来。

"寒冰钢锭502组、尖刺硫黄409千克、冰岩鱼皮136张……"洞穴较深处的一个巨型仓库里，戚梦萦详细统计着上百张光影材料清单。

格蕾丝点亮防风眼镜，在几乎塞满整个仓库的材料堆中一边扫描，一边搜寻。

"你们应该庆幸，我的材料仓库中无所不有！比起老烟斗收藏的那一堆怪东西，这些宝贝可有用得多了！"

老铁驾驶着一辆酷似大章鱼的工程辅助机器，怪笑着操纵会伸缩的黑色橡胶"触须"，严格按照格蕾丝所说的数量，从金属材料堆中卷出铁块和零件，扔进一边的铁皮翻斗车里。

"为什么每次轮到我的角色，不是伙头兵就是苦力?!"柳嘉戴着安全帽，咬紧牙用力拉拽着一辆翻斗车，满脸憋气涨得通红。

"对才能有限的人来说，这很正常。"修满头大汗，在翻斗车后用力推着，骄傲上翘的鸡冠头歪倒在一边，"但让我这个人才干这种活，就有点过分了！"

嘎吱嘎吱——一阵车轮声响起。

变身成魔人形态的玛尔塔，每只手拉着一辆铁皮翻斗车，若无其事地从旁边经过。飞行在他们附近的机械蜂鸟发出一阵嘲笑的"嗡嗡"声。

没过多久，"破铜"和"烂铁"领着五六位狂热流浪者，从蒙特匆匆赶来，加入了机器人制作大军。洞穴中充满了热火朝天的金属敲击声和激烈的讨论声、呼喊声。所有人几乎不眠不休地工作，原本两个星期才能完成的任务，五天后便有了初步成果。

到了第六天的傍晚，所有人都站在洞穴外，兴高采烈地看着七个三米多高的机器人，雄赳赳、气昂昂地并排矗立在金红色的夕阳下，仿佛降临的天神一般。机器人被打磨得锃亮的金属身体，映着夕照仿佛着了火，胸口处分别蚀刻着代表七个小狩梦人的印记。

"真的太帅了！"

柳嘉难以置信地揉着头发大叫，目光紧紧地盯着刻有"狼头"印记的机器人"雪狼号"。它银紫相间的身体上，金属片和零件组合得极其精密，看上去就像是一件精美的艺术品，浑身闪耀着夺目的寒光。

而分列在"雪狼号"左右的，是两个骨架相对纤细、线条尤为流畅的机器人。

身体橙黑相间的"光轮号"的手背上，嵌着两个一米多宽、拉风的金属飞轮。

不过，戚梦紫显然对背后有着火焰形状翅膀的红色机器人"智火号"更为欣赏，一直微笑地细细打量着。

"那一个像糯米团的、绿油油大胖子机器人，一看就是玛尔塔的——魔人号！"易天爵哈哈大笑，见玛尔塔不高兴地鼓起了腮帮子，于是扭头对另一边大放厥词，"唔……黄毛猴的机器人，居然因为材料不够，没有尾巴形态……不过样子倒是挺适合的！"

"可恶的鸭嘴兽……你的'戏猴号'脸红得像猴子的屁股！"洛楚·傲蔑夫气急败坏地指着一个黑红相间的机器人大叫，"'绝佳洗衣液'的审美，真的很差劲！"

易天爵和洛楚·傲蔑夫像两只斗鸡，互相瞪着冷眼。

"打扰一下，为什么我的'八爪号'看起来像推土机？"

柳嘉不满地指着一个身体用废旧金属块堆砌起来的机器人，它看上去就像一个呆傻的金属积木。

"知足吧，小子。"修羡慕地撇了撇嘴，"我长这么大，最好的玩具，是信二老爹做给我的一只机械老鼠。"

"破铜"和"烂铁"愣了愣，不约而同地看向铁皮兔子TuGa，此时它正在角落里，将修的行囊中一只缺耳少腿的机械老鼠玩具，缓缓嚼碎吞进了肚子里。

一阵机械启动的轰鸣声响起。

"什么情况?"修疑惑地转头，发现"智火号"竟然启动了。

"各位，在正式作战之前，我们最好先适应一下机器人的性能，以免措手不及。"戚梦萦的声音从"智火号"的语音设备里传出，火红色的机器人灵活地转动着机械臂，"太棒了，比我想象的更容易操作。"

柳嘉激动得咽了一下口水，然后飞快朝自己的机器人跑去。"我也来！八爪号——"

易天爵龇着牙笑了笑，和其他人一同分散开去，坐进了各自的机器人里。

修和其他的流浪者们退避到了洞穴口，兴奋地仰头看着这几个庞然大物，眼中闪烁着憧憬的光芒。

"我提议，我们以海面上的水鸟为目标，进行精准捕获训练。"戚梦萦说。

"这有何难？"格蕾丝冷哼一声。

"正好可以较量较量，"洛楚·傲蔑夫厉声挑衅，"看看'绝佳洗衣液'队和我们'金色螺号'队，到底谁才是真正的王牌！"

"这还用说吗？"易天爵操控着"戏猴号"在胸前用力抱拳，"你们马上就会见识到我的厉害！"

"发布口令吧，口哨。"罗西在"雪狼号"中得意扬扬地通话说。

"发口令？你是说，我吗？""八爪号"随着柳嘉惊疑的声音举起了机械臂，指着自己的铁壳脑袋问。

"除你之外，这里每个人都想当头领……""雪狼号"稍微活动了一下机械双腿，罗西继续冷嘲热讽地回答，"所以

你就幸运地成了统领象群的小白鼠王。"

"我觉得可行。"戚梦萦语气肯定地说,"八爪者谨慎的性格,适合担任机器人战队的训练官。"

"大话精!待会儿你可别紧张得咬破了舌头!"易天爵爽朗地大笑,但语气中却充满了鼓励。

"行了,发个口令而已!"洛楚·傲蔑夫不耐烦地叫嚷。

"这下有好戏看了。"格蕾丝自言自语地说。

玛尔塔的绿色机器人急不可耐地摇晃起机械手臂来。

柳嘉紧张的心情,被易天爵不幸言中,脸上兴奋的表情逐渐变得紧绷,额角甚至渗出了冷汗……

只不过,他和狩梦小队的伙伴们在梦域碎片中出生入死好几次,已经不再是最初那个忧郁软弱的男孩了。

"机、机器人战队各成员请注意——"柳嘉深吸一口气,尽可能地提高了音量,"九点钟方向,全体瞄准水鸟——五秒钟后,发起突袭!请大家确认!"

"喔,大话精,有模有样。"易天爵高声说,"戏猴号——确认无误。"

"敌人是只水鸟,当然神气。"洛楚·傲蔑夫冷言冷语地嘲讽,"变色龙号——确认无误!"

"智火号!"

"雪狼号!"

"魔人号!"

"光轮号!"

"确认无误——"

所有人齐声高呼。

"全员准备——"

七台机器人的火箭喷射器和反重力包一起点燃,同时转向面朝大海。

"出动!!"柳嘉发出一声大喊!

机器引擎的轰鸣声波,在洞穴中回响,弥久不散。

火红的夕阳下,七台十几吨重的机甲,如烟花四散般朝着海面上南、北、西三个方向冲了出去,朝着各自选定的目标低空飞行。

火红的"智火者号",在空中飞舞着,旋转着,犹如一只燃烧的蝴蝶!

07 机器人战队诞生

"戏猴号"锁定目标,发出惊雷般的吼叫,在空中高难度旋转穷追不舍。

"雪狼号"趁着水鸟乍逢惊变之际,涡轮发动机马力全开,拖着两道冰蓝色的火焰,飞向夕阳深处!

"光轮号""魔人号"和"变色龙号"在海面上轻盈地拂过,"魔人号"配置了反坦克速射炮和三重防御障壁。

"光轮号"迅捷如风,如同弑神级的光速战机!

"变色龙号"从出击的三秒后,就隐匿在了潮水和空气中,而当它再次出现时,竟然已经潜伏到了水鸟群的背后!

流浪者们观赏着这极其炫酷而又华丽的画面,高声欢呼雀跃着。

等到机器人战队纷纷抓住水鸟,并且操纵机甲缓缓落地，修和老铁带着流浪者们纷纷聚拢了过来，检测机器人的各项参数是否正常。

让他们心满意足的是，七个机器人初次运行良好，竟然没有出现任何的故障以及数据错误！

"雪狼师父果然是天才……"老铁忍不住再一次惊叹。

机器人驾驶员们沉浸在极度兴奋中，甚至忘记了刚才比赛的约定。

砰——嗞嗞——

就在这时，一阵刺耳的炸裂声打断了众人兴奋的情绪。

老铁走上前，查看掉落在地上的一只蜻蜓大小的机械蚊子，它透明的金属翅膀在泥土中挣扎了几下，便随着黯淡下去的红色眼睛一起停止不动了。

老铁的脸色顿时变得铁青。

"这是梅里博士的侦察虫！见鬼！我们的行踪暴露了！"

小狩梦人和修惊愕地睁大了眼睛。

"破铜""烂铁"害怕地紧紧搂住铁皮兔子的脖子。

流浪者们不知所措地焦急议论起来。

一个悬停在众人头顶上方的棒球形飞行物，收起铅笔大小的炮管，闪烁红光的镜头，在半空中投影出老烟斗巨大的身影。

"你们是在庆祝自己，就快变成洋海中的鱼粪了吗？"老烟斗叼着一柄新的金烟斗冷嘲热讽地说道，"我听说，梅里

计划派出'铁鱼飞船队'，赶去拆卸瘠岭的主发动机，现在恐怕已经在路上了！"

"你怎么现在才来告诉我们？"老铁恼火地对着老烟斗叫嚷。

"我可没闲着，老鬼。"老烟斗不快地吸了一口烟斗，"为了策反那群给梅里出谋划策的铁皮首脑，可让我费了不少神！那群家伙都快变成一堆烂铁了，居然还是这么顽固！"

"……""破铜""烂铁"和铁皮兔子对望了一眼。

"我们正赶去主发动机舱，但只能拖延时间。能不能彻底改变瘠岭的命运，就要靠你们了——我的角斗士们！"老烟斗露出意味深长的笑，"那几个大玩具，设计得挺不错。等仗打完了，可以入驻我的新收藏室。"

罗西不以为意地哼笑了一声。

洛楚·傲蔑夫骄傲得双眼发亮，但很快又懊恼得直跺脚。

"现在，我们必须前往瘠岭，目标是梅里博士的基地，夺取能量核心。"戚梦紫神情严肃地说，"老烟斗先生，请您随时与我们保持联系。"

"恐怕来不及了，还是从海上直接过去吧！最快的船已经为你们备好了，就在岸边——我顺便给你们安排了一份不错的'差事'。"

"交给我们吧！"放开手中抓获的水鸟，柳嘉操纵"八爪号"机器人，自信满满地敲了敲硬邦邦的胸膛。

"最好小心一点，不要打草惊蛇。"格蕾丝冷静地说，"以免引起更大的麻烦——你们知道我在说什么。"

"收到。"洛楚·傲蔑夫和玛尔塔严阵以待,齐声回答。

老烟斗坏笑着咧起了嘴,用烟斗指了指浮在海岸上的一艘灯笼鱼造型潜水艇:"乘坐这个去,另外带上这个棒球飞行器,这是联系我的唯一方式。火焰女孩,金色飞轮,祝愿你们这一次依然旗开得胜。"

第七幕 结束

ACT 8

第八幕

回忆马蹄莲

就在小狩梦人与老烟斗通话商讨战术之时，倒映着熔岩般沸腾天空的洋海之上，数十艘铁鱼飞船正喷射着火焰，仿佛一团团在空气中燃烧的火球，在天海之间巡游。

阿俪坐在被夕阳染红的驾驶舱里，开启了自动巡航模式，心不在焉地拨弄着怀中那把古旧的六弦琴。

三年前，每当她弹琴时，小明就会爬到她脚边，睁着明亮的大眼睛看着她。

阿俪惆怅地凝视着驾驶舱窗外，思绪回到了命运被彻底改变的那一天……

那天,是阿俪和修订婚一周年纪念日。

阿俪打开窗,小木屋外的马蹄莲在盛夏的晚霞下摇曳疯长。一如阿俪恨嫁的心。

但修有一个必须完成的任务。阿俪知道修和流浪者的人在秘密来往。瘠岭的人民不满梅里博士的暴政已久。

可是修答应了她,今天会早点回来。

无论形势如何,生活总要继续的,不是吗?

望着客厅里正在用积木搭建机器人的小明,阿俪露出了温暖的笑容。

"哗啦……"小明搭建的机器人和城堡,一不小心崩坏了。

"不玩了。修哥哥不在,怎么也搭不好!"小明懊恼地抚平积木,推开门朝外张望,"不是说早点回来吗?我想吃蜂蜜馅饼了……呃。"

小木屋外,一条小路蜿蜒至穷尽处。夏风和煦,空无一人。

海鸟飞过,山岗上,白色马蹄莲在晚霞下疯长。

"姐姐,我想听你弹琴了!"

小明跑到阿俪身边,撒娇地摇晃着阿俪的手臂说。

"好啊。"阿俪看了看时间,心情愉快地拿起了挂在客厅沙发上的六弦琴,"今天,小明要听哪一首呢?"

"我要听你和修哥哥前几天唱的那首!"小明笑逐颜开地说。

"好的。那姐姐唱歌的时候，小明可以伴舞吗？"

阿俪微笑着对小明挤了挤眼睛，然后扶起琴枕，神情为之一肃：

    白色马蹄莲摇曳的夏夜，
    女孩坠入了爱河。
    她爱上了一个风一样的男子。
    她爱上了一个流浪者。

    带走我的心吧！我也留下你的。
    可命运如利刃！灵魂迸裂漂流。
    带我走吧！请包裹我。
    遮住眼睛，陷入梦的襁褓。
    带我走吧！请珍爱我。
    遮住眼睛，沉入梦乡。

一曲终了，阿俪内心有些怅然若失。

"姐姐，小明也想学会弹琴！"小明趴在阿俪的背上，好奇地抚摸着琴弦，空气中发出嗡嗡的声响。

"好啊，那姐姐教你，弹你最喜欢的那首。"

阿俪轻轻地拨弄了一下琴弦，六弦琴发出清脆欢愉的声音。

"一闪一闪亮晶晶，满天都是小星星……"

小明盘腿坐在阿俪的身边,一脸崇拜地望着阿俪。

因为梅里的一次失败实验,阿俪和小明的父母已经去世两年多了。

父母刚去世时,阿俪完全是另外一个人。那时的她安静、绝望、忧郁、自闭。是弟弟小明开朗的陪伴,令阿俪的世界重新变得明亮和温情。

忽然,一阵急促的敲门声响起。是修回来了吗?

阿俪将六弦琴递给小明,开心地走向门口。敲门声越来越急促和响亮。阿俪的脚步也随之加快,她微微地喘了口气。

"等一下,马上就来啦!"

阿俪开心地打开门,然而门外并不是修。

两个男性铁皮人站在门前的台阶上,一个较胖,头发就像顶着一盘黄油;另一个是瘦高个,已经两鬓斑白了。两人都穿着"梅里健保协会"的公务制服。

阿俪的心一沉,脑海里响起了警钟。

她的家仅距离蒙特十千米,铁皮人出现在这里,绝对不是好兆头。

两个铁皮人阴沉的眼神证实了她的疑虑。

"阿俪,我是瘠岭梅里健保协会二十二分队组长柏登堡。"瘦高个铁皮人说道,"邀请你成为梅里健保合法公民,成为我们中的一员,享受永生。"

"对不起，我暂时没有变成铁皮人的打算。希望你离开我的房子，现在就走。"阿俪伸手指向天色渐晚的屋外。

"抱歉，老柏没说清楚，"较胖的铁皮人故作风趣地说道，"基于梅里健保协会的实力和地位，你并没有选择的权利。"

阿俪愣了一下，她意识到自己即将面临的是什么。

或许拖延一些时间，等修来了以后，情况会有些好转。

"可以详细说说梅里健保吗？我需要更多的了解。"阿俪忐忑不安地问。

"时间紧迫，阿俪女士。"瘦高个铁皮人严肃地说，"梅里博士的战争机器——嘎多，出了一些问题。人工智脑委员会提供了一些名字，只有将这些人改造成金属零件，嘎多才能被修复。一小时前，人工智脑委员会选中了你的弟弟——小明，他可以被改造成修复嘎多的重要零件和齿轮。"

"这是什么……意思？"阿俪感觉身体在瑟瑟发抖。

"需要将你的弟弟改造成零件，奉献给嘎多，当作修理材料。"较胖铁皮人回答，"我们支付的报酬是，破格让你成为瘠岭的高等居民。"

气氛降到了冰点。

阿俪静静地盯着两个铁皮人看了好一会儿，浑身血液变得冰冷。

她觉得自己一定是听错了。

如果他们真想带走小明，除非先越过她的尸体。

"滚出我的房子。"阿俪声音低沉地说，几乎开始野蛮地咆哮，"滚出去！"

"我能理解，阿俪女士。这不是一件容易接受的事。但是人工智脑委员会的决定不容改变。"瘦高个铁皮人说。

"阿俪女士，你该为能给梅里博士提供帮助，感到无上荣光。"胖子铁皮人补充说。

阿俪不禁凄然一笑。

那是一种苦涩而刺耳的笑声。

"荣光？你们把人变成零件和铁皮，用来维修战争机器，这算荣光？"

"结局是注定的，阿俪女士。"瘦高个铁皮人斩钉截铁地说。

阿俪什么也没说，她盯着漆黑的屋外，没有修的踪影。

听到门口的争吵声，小明好奇地凑了过来。

阿俪将他严严实实地挡在身后。

"没有其他办法吗……"

"除非有人自愿替你弟弟牺牲，阿俪女士。"铁皮人柏登堡说。

"愿意，我愿意！"阿俪毫不犹豫地回答。

"你会为了保护他而杀人吗？"

"……"

"你要杀的不是小偷、杀人犯或绑架犯，而是可以替代你弟弟成为零件的人。你愿意这么做吗，阿俪女士？"

阿俪抬起头，泪流满面。她别无选择，结果是注定的。

她不可能眼睁睁地看着自己的弟弟丧命，她也不想沦为铁皮人描述的那个杀手，没有一个正常人可以做到。

不……她会……她可以……她只希望小明安然无恙。

希望修会原谅她。修能理解吗？

"我很抱歉……"阿俪深吸了口气，"我想给朋友留一个言。"

她终于开口了。

"当然可以。"瘦高个铁皮人柏登堡绅士地说。

阿俪把小明带回房间里，叮嘱他无论如何不要出门，接着，她拿起了电话。然而电话那边只有一阵忙音。

"我是修，我现在不在，请给我留言！"

"修，是我。有……有大事发生了。梅里博士的人找来

了……他，他们要带走我和小明……我们会没事的……我爱你，再见。"客厅里响起小明挣扎的声音，以及铁皮人哈哈的讪笑声。

阿俪赶紧哭着将电话挂断了。

阿俪的思绪飘回到铁鱼飞船的驾驶舱。

她用机械手指缓缓地拨弄着琴弦，就像梅里拨弄着她人的命运。

事实上，自那天以后，她和一群可怜虫被安排住在了海边铁皮人集中营，并且再也没有见过弟弟小明……直到她被机械怪兽嘎多带到梅里博士面前，为了弟弟小明，自愿喝下"腐蚀药剂"，沦为梅里博士的杀人机器。

其后，她仅仅能通过梅里博士发来的语音，知晓小明的安危。

但是，只有语音不是太奇怪了吗？

阿俪越来越不安。

她放下六弦琴，打开了飞船的导航路线图。

她要返程去找梅里博士，无论如何，今天都要看一眼弟弟，他应该长大不少了，估计和那群异乡人小孩差不多大了吧。

就在这时，阿俪耳边的通信器亮了，里面传出梅里博士沙哑而阴森的声音。

"阿俪，建功立业的时刻到了。和铁皮人军队一起拆取瘠

岭的主发动机！只要你做到了，我就把小明还给你。"

阿俪愣在了原地。

她听见梅里博士的嘶哑吼叫声在通信器中回响，在每一艘铁鱼飞船中回响，在整个基地的上空回响。

"谁也不能阻挡我寻找'蓝色大陆'！"

领航的铁鱼飞船忽然收起了机翼，像一条巨大的热带鱼追随着燃烧般的落日，带领着船队接二连三地跃进了仿佛在沸腾着的海水中。

阿俪轻轻按下了通信器的对话按钮。

"收到，梅里博士，保证完成任务。"

第八幕 结束

第九幕

潜入敌后

海风不安地吹动着漂浮在洋海之上的冰层。

一群腐化铁皮海鸟仿佛预感到了什么,声音嘶哑地鸣叫着。

直到月亮从海平面上升起,洋海才逐渐安静了下来。

这时,一群小小的黑影在苍白的月光中跃出了海面,悄悄地停靠在海边山崖旁的黑褐色金属建筑的下方。

这里正是梅里博士的大本营——铁皮人制造基地。

幽暗的光线中,小狩梦人和修穿戴着掩护斗篷和铁皮头盔,动作利落地爬出灯笼鱼潜水艇上方的玻璃舱门,他们左右张望了几秒钟后，沿着一段固定在墙面上的生锈铁楼梯，爬到了拐角处的圆形舱门前。

"东南方向坐标36.17，东北方向坐标32.76——是能量反应最强烈的方位。"

格蕾丝点亮防风眼镜，半空中投影出一张红色光线构成的微缩建筑结构图，两个白色光点在结构图的最上方和最下方闪烁："不出意外，这两处就是能量核心所在。东南方向的能量反应堆在移动，应该是嘎多。"

"请大家将这两处坐标在乾坤手环中设定好。我们务必尽快夺取第一块能量核心。"戚梦萦压低声音冷静地说，"想要夺得第二块能量核心，免不了与嘎多一战。最佳作战方位是洋海坐标90.78处的黑潮海湾，既能避免让瘠岭和蒙特受到波及，距离主发动机所在地亦只有二十分钟的航程。"

"那我们现在就开始行动！朦胧——"

柳嘉挽起袖子，正准备用黑雾帮助同伴进入梅里的铁皮人基地，舱门却突然像旋钮一般打开了。

一个长着机械双脚的古铜色安全帽机器人，挥舞着四条分别连接齿轮、螺丝钉、扳手和铁锤的机械手臂，出现在了众人面前。

安全帽机器人防毒面具般的脸上露出不耐烦的表情。它看着惊愕的众人。

"新来的奴工？怎么还在这里磨磨蹭蹭！跟我来！"

躲藏在铁面具和斗篷之下，伪装成铁皮人的小狩梦人和

修,互相交换了一个惊讶的眼神。

"昨天老烟斗说,给我们安排的'差事',指的就是这个吗?"

大家悄声议论着,跟在脚步笨拙的安全帽机器人身后穿过了舱门。

柳嘉和一行人乘着单向电梯来到了第一层,他好奇地左右张望。

在穿过弥散着几丝机油味的走廊时,安全帽机器人压低声音警告身后的人们。

"前面是基地的警戒活动区,小心谨慎一点。"

接着,他们走进了一间高大的厅堂,正前方的墙壁是一个巨大的钢铁锅炉,正燃烧着熊熊的火焰。

上百个铁皮人在石块和金属构造的高大立柱和拱门之间,急匆匆地来回穿梭着。它们拿着便携式稳定清理仪,修复着各处生锈或破败的墙体与构件。

一个厨师模样的铁皮人,开着一辆小火车般的快餐车,摇着餐铃从小狩梦人面前傲气冲天地经过。

柳嘉发现餐车上堆叠得高高低低的铁皮餐盘里,全都是些稀奇古怪的金属零件,有的上面还浇了一层绿色黏糊糊的机油。

此外,还有许多裙摆是吸尘器的清洁铁皮人、牵着机械狗的遛狗铁皮人,甚至还有抱着一沓铁皮书的喇叭形状的

播音铁皮人，急匆匆地在大厅中穿梭。

"干什么的？"三个骑着机械狗的铁皮人警卫突然停在了众人面前，警惕地询问。

"晚上好，先生们！"安全帽铁皮人毕恭毕敬地挥舞着手臂上的工具，"我是基地底舱的工头，最近人手不够，雇了几个新来的家伙。"

只见安全帽铁皮人拿出一个金属名牌，交给铁皮人警卫查看。

铁皮人警卫的机械眼睛向外伸出，那竟是两个带有全角度伸缩杆的扫描摄像头，在扫描核对了金属名牌的信息后，满意地点了点头。

"看好他们。前两天有个不怕死的家伙闯进了'铁皮人之墓'，被梅里博士化成了铁水，连累我们也受到牵连。别给我惹麻烦！"铁皮警卫们头上的红灯飞快亮了几下，然后骑着机械狗匆忙地离开了。

安全帽铁皮人朝小狩梦人和修挥了挥手，领着他们从一扇金属拱门离开了大厅，走进了一段低矮昏暗的石质甬道里……

柳嘉的心中没来由地生起了几分忐忑。

"刚才如果没有名牌会怎样？"

"几秒钟内就会被警卫的高斯机枪打成软泥怪。"安全帽铁皮人回答。

甬道内的气温好像又下降了几度。

"安全帽先生,刚才你们说的那个'铁皮人之墓'是什么地方?"戚梦萦好奇地问。

"那是梅里博士基地里的头号禁区,在底舱的下面。"安全帽铁皮人"磕磕嗒嗒"地回答,"据说瘠岭所有报废的铁皮人和程序错乱的铁皮人,都被关押在那里,长年累月受海水浸泡和铁锈的折磨,可怕得很!"

戚梦萦轻轻抬了一下手腕。

柳嘉发现,他们正朝储存在乾坤手环中能量核心的坐标方位靠近。

当他们拐过几个曲折的岔路口,最终来到了一个宽大而又嘈杂的仓房门口时,坐标的白色光点已经在他们的脚下了。

"这里就是你们的工作地点。"安全帽铁皮人挥了挥握着铁钳的手臂,指着面前这间烟火缭绕的房间。

几十个铁皮人正呼喊着号角,在数个巨大的齿轮和冒着白烟的锅炉间,卖力地工作着。

五只机械螃蟹摇动着背上的激光长鞭,不停地抽打在铁皮人工人们的肩膀上,几个配备螺旋桨的机械手臂飞行在半空中,将受伤或疲倦倒地的铁皮人抓起,扔在房间门口一个两米多高的铁皮人管事脚边,任由它毫不留情地将铁皮人拆卸,然后扔在一个角落里。

"那是'拆解者5-21',你们可要当心点,它对新来的苦工情有独钟。"安全帽铁皮人狡黠地笑着挥舞机械手臂,将小狩梦人和修推进了房间里,"去干活吧!"

两只机械螃蟹应声而来,高高竖立起探照灯做成的双眼,紧盯着走进仓房中的一行人。

"拆解者5-21"在一旁兴奋地挥动着机械手臂,手中还拽着半截铁皮人的机械身体。

"我们必须分头行动。"戚梦萦压低声音说,"柳嘉的朦胧术一次只能带走五个人,剩下的人留在这里待命。"

"你们一个个弱不禁风,留下来也只会被拆解。"易天爵当仁不让地哼了哼,"我和玛尔塔留下,你们去下面找能量核心。"

"看来头脑不错。"格蕾丝冷嘲热讽地说。

洛楚·傲蔑夫窃笑起来。

"少废话,"易天爵恼羞成怒地吵嚷,"你们可别拖本酋长的后腿!"

机械螃蟹们听见异响,纷纷举起背上的激光枪,瞄准了新来的八个"斗篷铁皮人",将他们团团包围。

"别急,看我的——"洛楚·傲蔑夫自信地打断众人,从怀中掏出一个特制的迷你炮弹,按下按钮扔了过去。

"哐啷!"

房间中央立刻冒出一阵白雾。破碎的弹壳中,一只迷你机械小鸡出现了,它"咯咯"叫着,蹦跳舞动。机械螃蟹们看得目瞪口呆，纷纷将视线转向机械小鸡。

"没想到吧？"洛楚·傲蔑夫得意地说，"这是我的机械抚慰鸡，专治各种不开心。"柳嘉忍不住笑了："你是说，这些螃蟹也会情绪低落吗？"

玛尔塔赶紧说："不管如何，看起来效果不错！"

正当大家沉浸在欢乐的氛围中，突然，一只机械螃蟹伸出了它的锋利钳子，试探性地向机械小鸡的腿部挥去。其他的螃蟹看到这一幕，仿佛被点燃了原始的狩猎本能，纷纷冲向前。

"不好——"洛楚·傲蔑夫大叫，试图指挥机械小鸡逃跑，但是数量众多的螃蟹包围了机械小鸡们……在众人震惊的目光中，小鸡瞬间被螃蟹们拆解得干干净净。

"成事不足的家伙。"

罗西从斗篷里放出一群机械小虾米来，让它们"嘎吱嘎吱"地朝房间一个角落跳去。

周围的机械螃蟹们双眼

瞬间提高了一个亮度,纷纷挪着碎步朝机械小虾米追去,聚在一起大快朵颐起来,发出一阵阵骇人听闻的金属咀嚼声。

"趁现在。"戚梦萦小声说。

柳嘉飞快地发动朦胧术,将自己和戚梦萦、修、罗西以及格蕾丝包裹在黑雾中。

洛楚·傲蔑夫摘掉斗篷和铁皮盔,身体的颜色渐渐和周围的颜色融合在一起。

几个潜入者完全消失在周围铁皮人的视野中。

第九幕 结束

> 我们到了。

ACT 10

第十幕

瘠岭的故事

小狩梦人和修穿过了仓房的一扇侧门,沿着一条狭长的走道,向下走去。

幸运的是,沿路并没有遇见巡逻的铁皮警卫,然而空气变得越来越寒冷……

没过多久,整个过道的天花板和墙面都裹上了一层厚厚的冰霜,通道里四处弥漫着煞白的寒气。

"我们到了。"

格蕾丝确认了一下乾坤手环上的坐标。

小狩梦人和修抬头望着眼前这扇被冻结在冰霜中的高

大黑色石门。

柳嘉再次发动了朦胧术，让所有人感到意外的是，黑雾这一次竟无法帮助他们穿墙而入。

格蕾丝和洛楚·傲蔻夫尝试着朝石门发射橙色光轮和炮弹，石门却无动于衷地矗立在那里，甚至没有发出一点儿声响，仿佛把所有的攻击能量和声音全都吞食下腹了一般。

"是利莫里亚的图腾！"戚梦萦仔细地查看着石门上的雕花，双眼露出讶异的神色，"这扇门使用了抵御超感异能的特殊材料。"

"有点意思。"罗西兴致高昂地翘起嘴角。

"是洋海的萤石。"一个迟疑的声音突然响起。

修在所有人讶异的目光中，走到石门前，然后用手指轻轻触摸门上细密的纹路。

"这是洋海中稀有的石头，只有特殊的解码器才能将它打开。"修仿佛陷入回忆般低语，"我小的时候，信二老爹曾经带给我一小块。"

"少废话，说重点。"

格蕾丝不耐烦地举起旋转着橙色光轮的手背。

修赶紧举起双手投降，轻轻地吹起了口哨，一段忧伤的旋律在走道中轻轻回响。

柳嘉和小狩梦人同伴们神经紧绷地仰望着石门。

忽然间，石门上出现几个忽明忽灭的蔚蓝色小光点，渐渐地变得越来越多，并且越来越明亮。

而当光点仿若流水一般，沿着石门雕花的凹槽流动，并且连成一片后，石门自动缓缓地向内敞开了。

更让小狩梦人震惊不已的是，在门后那一片黑暗的空间里，蔚蓝色光点仿佛千百只萤火虫，在阴冷的黑暗中轻盈飞舞，并随着修的口哨声，有节奏地明灭闪耀着，如梦似幻。

柳嘉跟随在同伴们的身后，走进了萤火闪耀的空间里。

在这个看不出形状的房间中，与其说充塞着各种布满铁锈的废弃铁皮人，更不如说……是一个铁皮人的立体展览馆——

天花板、墙面和地板上，到处都是巨大而精密的铁皮人机械部件、弯曲的铁手掌、表情威严的金属铁颅，以及它们曾经使用过的工具或武器，仿佛它们很久以前就生长在这里一般。

蔚蓝色光点仿佛在向这些死去的铁皮人致敬，轻轻地飘落在这些古旧的金属之上，然后消失不见了。

空气中若有若无地飘荡着一缕忧伤而肃穆的声响，像是风声，又像是尘埃在黑暗中孕育出来的呼吸声。

罗西好奇地用手指轻轻敲击着这些铁皮和古怪金属。

戚梦萦讶异而又冷静地用乾坤手环录制着周围的景象资料。

"这里的铁皮人，真的都死去了吗？"柳嘉惊叹地喃喃自语。

"喂——喂！"洛楚·傲蔑夫仿佛想要召唤什么一般，仰头大喊，然而空间里只有他的声音在空洞回荡。

"能量核心就在这里。"格蕾丝的防风眼镜变成了红色，她转身四处侦测着，"但这里的能量磁场太混乱，没有办法精准定位。"

"这个东西看起来很特别，感觉值不少钱……"修好奇地伸手拨弄着角落里一台像微型发电机般的金属仪器。

"别碰！那个好像是——"戚梦萦惊讶地睁大眼睛，冲上前抓住修的肩膀。

然而一阵机器启动的轰鸣声响起，戚梦萦和修像被石化般突然失了神，神情木讷地望着前方。

"戚梦萦！"柳嘉焦急地走上前想要将戚梦萦拽开。

然而……他的手刚刚触碰到戚梦萦的手臂，突然感觉身体被一股能量用力吸走，一条红色和蓝色电光交织的隧道，出现在他和戚梦萦、修的周围，耳边回响着一个温吞的机械声音："时间回溯装置已启动，正确读取瘠岭记忆硬盘数据。"

在机器转动的嗡嗡声响中，柳嘉三人在电光隧道中的行进飞快加速。而当他们从隧道尽头穿出，竟然来到了一片墨黑的虚空里。

一颗颗颜色各异的巨大发光球体，悬浮在这片看似浩瀚无垠的空间，给这里点亮了奇异的光彩。

这些球体有的由几道激光互相连接，看上去像立体的星座图或是分子结构图，有的则孤独地在虚空中游离。

"这、这是什么地方……其他人呢？"柳嘉目瞪口呆地东张西望。

一条像基因链的绿色发光链条，扭转着出现在他们的脚下，并飞快向前延伸，引领着他们继续跟随前行。

"我在'梦物'中听说过时间回溯装置。"戚梦萦警惕地说道，一个花蕾形状的球体正在他们的正前方静静绽放，没过多久它竟变化成了一朵发光的深蓝色睡莲，中央的花蕊如涡轮般旋转，闪耀着太阳一样耀眼的金光，"我们现在应该在自动记录瘠岭运转的'记忆备份硬盘'里。除非外部有人让机器停止运行，我们的意识才能出去。"

"那里好像是……"

修突然惊讶地皱紧了眉头，看向旁边一个表面布满芯片零件的巨型球体。

无数个数字串，以及物理、化学和生物的光影分子式如有生命般，仿佛一块块细小的砖块，迅速自动向上累积搭建，在球体上方组合变化成一个依山傍海，并被厚厚白雪覆盖的宁静小镇。

村民们成群结队地肩扛着渔具往海边走去。

激昂的岛歌和寥寥的炊烟在雪岭的上空悠长回响。

"看起来有点像蒙特。"柳嘉轻声惊叹。

"不，那是葱岭……"修目光微微闪动地摇了摇头，"一个漂浮在冰原上的小岛，瘠岭居民曾经居住的地方。"

"曾经？瘠岭的居民迁移过吗？"柳嘉好奇地问。

"葱岭的自然环境贫瘠，生活物资匮乏，但我曾在这里度过了快乐的童年……"修喃喃地回答。

光影链条突然加速向前延伸，带着柳嘉和修、戚梦萦在空中扭转了两圈后，蹿进了一个被劈开两半的山峰之间。而让他们惊讶不已的是，山峰内部竟是一片火红的虚空，断裂成数块的葱岭，在其间纵横交错地飘浮着。

这些裂开的地貌碎片，演化的时间线似乎各不相同。有的是生长着葱翠雪松的山岭，人们正在上面砍伐焚烧；有的则是曾经飘散袅袅炊烟的热闹小镇，如今却被白雪淹没，一片死寂；人影匆匆的海岸只剩下几张破渔网；堆满黄土和矿车的矿坑，人声鼎沸、灯火通明……

光影链条载着他们，从葱岭的碎块和飘浮在空中的废旧铁皮以及断裂机械间飞速穿梭，伐木机的轰鸣声、树木倒地的轰响声、矿车的车轮声、人们的呐喊声不绝于耳。

"看来葱岭的居民经历了一个完整的工业时代。为了生存破坏大自然，其结果往往都很悲惨。"戚梦萦喃喃自语。

"你说得没错。"修沉重地点了点头，"葱岭被无度砍伐和开发，引发了地壳运动，渐渐沉没。信二老爹和几个科学家因此才会被梅里一伙蛊惑，渴望建造一座船城，带领大家去寻找新的安身之所——传说中的'蓝色大陆'。"

众人随着绿色光影链条，从山峰底部一个闪着橙色光芒的圆洞穿出，一幕幕海市蜃楼般的影像，飞快地交替显现在他们的眼前——

一群科学家，聚集在狭窄的地下室里，兴奋地研究着两块能量核心；上百名葱岭居民，一齐打造巨大的风车为发动机充电；海船之城迎风启航，白色的风车在阳光下欢快地转动；猛烈的海上风暴中，风车被破坏，海船之城搁浅……画面似乎被电磁波干扰，变得模糊不清起来。

"我也曾经为老爹的梦想而骄傲。可是这么多年都过去了，葱岭仍然在洋海上漂泊，渐渐变成了'瘠岭'，越来越多的人失去了信仰……"修神情黯然地低语，"现在已经很少有人再提起'蓝色大陆'了，确实是梅里博士压迫所有铁皮人，并强行植入了服从行为芯片，但我总觉得更多人是自愿选择遗忘了曾经的梦想。也许过好眼下的生活，才更切合实际。瘠岭的人们太渺小，无法抵达遥远的未来。"

修目光淡淡地看着旁边的一个画面——

变成铁皮人的瘠岭居民们，纷纷潜入海中修复被风暴破坏的动力系统。

而被植入"警卫"和"战士"芯片的铁皮军警们则拿着武器，强迫铁皮人工匠不眠不休地打造着一艘新的钢铁巨舰，舰身上雕刻着一行花哨的文字——"梅菲斯特号"。

"并非所有人都放弃了寻找'蓝色大陆'的梦想。"柳嘉目光清澈地望着修，"蒙特的流浪者，还有修先生……你们拒绝变成铁皮人，不愿按照梅里博士设定的程序生活，就

是因为对未来仍然抱有期望，渴望有那么一天奇迹会出现，不是吗？"

修愣了愣，惊讶地望向柳嘉。

这时，一颗褐色的球体突然在他们的眼前炸裂。

震耳欲聋的声响消失，猩红的火光和四处飞溅的熔岩过后，出现在他们眼前的，竟然是一片硝烟弥漫的战场。

数千个铁皮人与拿着鱼枪和木棍的瘠岭居民，在漂浮着冰块的海岸边嘶吼、恶战着，铁鱼飞船队无情地向居民们发射激光枪，将他们逐一击倒。

一个霸王龙造型的机械怪兽，如同一座小山峰般突然从

水浪激荡的海面下一跃而起。

仍在与铁皮人殊死战斗的流浪者们瞬间崩溃，惊慌失措地喊叫着四处逃窜。

柳嘉看到机械怪兽的引擎在巨大的烟尘中翻滚，它金属的主体粗糙丑陋，齿轮间流淌着鲜血般殷红的机油。

在机械怪兽的头部，一个头戴荆棘王冠的男孩站在那里，他轻轻地挥了挥手。

机械怪兽张开血盆大口，吞噬着海边的一切，残暴的胃口如同无底深渊，无数弱小的生灵落入它虬结的金属肠道中。

没过多久，海边就只遗留下一些畸形的残片，低沉的呻吟在灰烬中回响。

海浪大声嘶吼，似乎在尖声赞美着"荆棘之王"。

"明——"一个年轻女孩站在混乱的人群中，惊慌失措地大喊着，"小明——"

然而当她转过头，还没能来得及叫喊出声，便被机械怪兽大张的铁嘴一口咬住，头戴荆棘王冠的男孩再次挥了挥手，示意机械怪兽停止吞噬。

机械怪兽咬着女孩轰然远去，海岸边还回响着女孩凄厉的哭喊声。

"她……是阿俪！"柳嘉和修震惊地望着影像中女孩的身影。

"看来，阿俪成为刀锋战士，为梅里博士工作，有她的难言之隐。"戚梦萦若有所思地自言自语。

第十幕 结束

第十一幕

柳嘉·梦中梦

　　柳嘉凝望着机械怪兽头顶上，那个戴着荆棘王冠的男孩影像。

　　一种似曾相识的感觉涌上心头。

　　但男孩的面容格外模糊，柳嘉仅能辨别出大致的轮廓。

　　为什么感觉有点像是化妆后的自己在照镜子？有些角度，又有点像是罗西的侧颜……

　　混乱光线中，柳嘉的视线与男孩意外撞上了。

　　黑雾翻涌弥漫，男孩自嘲似的摘下荆棘王冠，对着柳嘉抿起嘴角，露出一抹鲜红的嗜血笑容……

柳嘉的梦中梦①

"呜——咔嚓、咔嚓、咔嚓。"

入耳的轰鸣声，在柳嘉脑海中不断回响。

仿佛有一列尖啸鸣笛的蒸汽火车，不停地从柳嘉的眼皮上碾过，沉重得让他睁不开眼睛。

"记录编号PXSJ2067s，这里是乌拉姆特星环战场。"

"邪恶智械正在撤退，我方超级基因战士剩余两人。"

"重复、重复，敌军正在撤退，我方超级基因战士剩余两人……"

电子音仍在循环播报，柳嘉疑惑地睁开眼睛，四周天幕低垂，沙尘漫溢，宛如置身末日焦土。

蓦然，天空中一艘绘着三叉戟骷髅图案的巨舰逐渐远去。

巨舰身后，数千架无人歼击机排列成雁行阵列，衔尾追随。

柳嘉艰难地爬起来，看到远方山脉前的谷地黑红血迹汇聚成海，无数不知名的虫子尸体和机器人残骸，堆积如一座座铁与血的景观，令人毛骨悚然。

大片棉絮状的黑油在半空中蒸发，熊熊燃烧的火堆、不断坠落的粉尘笼罩着这片世界。

一条十余里长的冲击裂缝将大地割裂成无数碎片，黑红血迹正在不断地向碎片裂缝底部涌入。

末日般的景象让柳嘉肝胆俱裂,我是谁? 这是哪里?

"1号实验体,怎么,系统崩溃了?"

一个沙哑却极富魅力的声音响起,柳嘉扭过头,发现身后还躺着一个身穿赤红黑晶战甲的少年。他的黑晶战甲上布满了坑洼的激光弹痕。此时正在艰难地包扎着被击断的机械右腿。

他是谁? 他说的话是什么意思?

难道……这是在狩梦人试炼中?

柳嘉大脑一阵眩晕,没法回答少年的问题。好在另一个声音及时地给出了答复。

"1号实验体,您被邪恶智械的思维震撼波击中……奥兹曼博士建议您,尽快重启ⅠArmor Ⅶ型机甲威龙芯片。"

少年的头盔耳后位置出现一个光斑,沿着圆形轨迹间歇闪烁着。柳嘉恍然大悟,电子提示音正是从这里传出的。

"邪恶智械正在撤退,我方……"

"哗!"少年不胜其扰,在电子音开始又一轮播报前,果断地关闭了频道。他打开头盔,长舒了一口气。伸出手指虚弱地捏了捏眉心,然后从暗红沙地上站起身,静静地看向柳嘉。

少年的面容,意料之中的一片模糊。

"您、您好——"柳嘉连忙打招呼,但少年径直从他身体里穿了过去!

柳嘉惊愕地看了看自己透明的身体——曾经多次梦魇

的经历，让他很快平静了下来——应该是意外闯入了某个人的梦魇中，他可以共享受害人的视角，但梦魇中的其他人感觉不到他的存在。

意识到这一点后，柳嘉便跟在少年背后，沿着裂缝慢慢向前。

遍布空气中的焦土粉尘，令摘下面罩的少年不断咳嗽。

"啊——"少年突然愤恨地大吼一声，将头盔摔在了地上。

他恼怒地抱着头缓缓蹲下，眼睛里蓄满绝望的泪水："连先知法兰穆的旗帜也无法触碰到……瑞雅领导下的邪恶智械，果然是无法战胜的吗？三千实验体，仅剩下两人……"

柳嘉心头一颤，虽然他不知道什么是邪恶智械，但战争带给人无尽的伤痛，这一点他倒是深有体会。

此刻，遥望黑红相间的大地，柳嘉唯有为牺牲的战士默哀。

这时，柳嘉看到少年用颤抖的手指触摸了一下头盔上的护目镜，镜面顿时浮现出一个不断搜索的雷达图标。

"正在与雷神Gpt连接，已搜寻到星际信号……"

清晰的提示音似乎让少年稍微松了口气。

至少，还有一名伙伴可以和他并肩作战。

虽然他很清楚，两个实验体并不能扭转战局，但只要一息尚存，他们就不能放弃任务。

"已为您接通雷神Gpt。"

电子音继续提示，少年头盔的护目镜上，显现出新的光影画面，时断时续的信号使得画面看起来很模糊。

"博士，星海骑士·虎贲军团……守住了乌拉姆特星环防线。"少年虚弱地报告，"我们血战至最后一兵一卒。为什么增援迟迟不到？"

"增援？"通信画面中，一个长着青茬胡的消瘦男子神情冷漠。他的脸上疤痕纵横，就像被撕碎过再重新缝合的画布一样，狰狞恐怖。

少年仍在不断抱怨和质疑。

这时，随着传输信号逐渐稳定，光影通信画面也愈发清晰。

柳嘉看到"青茬胡"无动于衷地坐在一把太空椅上，凝视着舷窗前的一个圆盘状三维影像星际航线动态模型。

"奥兹曼博士？你能听到我的说话吗？"少年愤怒、疑惑地端起头盔，凑近护目镜，尝试令对方听得更清楚。

"星海骑士基因强大，英灵至上。不是吗？足够的量子纠缠，可令他们的灵魂永远在星海中游荡堕落……"

"青茬胡"奥兹曼博士冷酷地端起了一杯蓝色生命源液，慢悠悠地晃动着玻璃三角杯。杯壁上倒映出他变幻莫测的笑容。

杯壁上，柳嘉模模糊糊地看到了一个美丽女孩的轮廓剪影。

奥兹曼博士是谁？这个女孩又是谁？柳嘉纳闷地想。

"雷神 Gpt 为您解答……"柳嘉的耳中传来电子提示音。

"奥兹曼博士，人工智能领域领军人物……现为星海骑士·虎贲军团总参谋长……"

"万象星海搜图……瑞雅，又名小倩，邪恶智械的异形女皇……"

"……"

过量信息的密集涌入，令柳嘉的大脑愈发晕眩。

与此同时，少年的瞳孔骤然缩紧，因为他不只看到了奥兹曼博士的表情，更透过舷窗看到了一架架井然有序的无人歼击机。

"奥兹……你、你居然……"少年的声音颤抖着，他仰头看向通信器画面中无人歼击机完全同步的动作,心口仿佛被剜了一个巨洞,仅存的能量都从洞口流失了。

"居然什么,背叛吗?"奥兹曼博士不屑一顾地冷笑,"我从不认可星海骑士的理念,之所以加入,仅仅是因为你们有去火星的许可证。以及你们所知道的,生命源液·太阳井的位置。"

少年的双手,无力地垂在身体两侧。他一言不发,保持着仰头的姿势,任由生命能量渐渐流逝……

少年眼眶中溢满了血泪,仰起头,只为不让眼泪流下。

"别在意。1号实验体。你不会死。我将你和4号实验体的灵魂,编译成了一段代码,帮助你们在星海中巡游……让你们体会数字生命无拘无束、永生不死的乐趣……哈哈。"奥兹曼博士凑近镜头,整个光影画面都是他残酷的笑意,"当你们受尽折磨,穿越星海,明白生命的真谛,或许还能再次返回到坐标为PXSJ2072s的宇宙历时代。"

"你……不是奥兹曼……"少年哽咽着,双手握成了拳。

"那不重要。脆弱的碳基生命,在强大的量子生命面前不堪一击。而我,是赐予你新生的母亲,是给予你灵智的神之手……"

这些影像,令柳嘉震撼到无以言表。

但身处梦魇世界之中,没人看得到他的表情。

没一会儿,影像逐渐淡化,赤红黑晶战甲少年、小倩幻化的奥兹曼、巨舰连同尾随的无人歼击机……一起消失在视觉边缘。

"轰隆——"龟裂地面剧烈震动,脚下岩石滚落深沟,柳嘉被上涨的潮水吞没。

头戴荆棘王冠的神秘男孩飞快地倒退着。

抓住他,他知道答案——柳嘉的潜意识在不断地呼唤强调。他急忙发动朦胧术追赶,每当他形成的黑雾快要触及荆棘男孩时,却总是差了那么一点点,黑雾和男孩擦身而过……

意识之海中,无星无月,无日无夜……柳嘉不知道追赶了多久。直到有一天,他感觉精疲力竭了,而荆棘男孩早已不见踪迹。

于是,柳嘉褪去黑雾,朝下望去——却震惊地看见一道深不见底的黑色裂缝,当柳嘉从虚空中踏过裂缝,旋即裂缝一端的陆地,像失去支柱的魔方大厦般,猝然塌陷。

柳嘉的梦中梦②

裂缝那一端,依稀是之前看到过的瘠岭世界。

断裂的地壳板块被上涨的海水逐渐吞没,来不及逃跑的铁皮人在海水中疯狂地挣扎着,尖叫和呼救声像细密的针尖,一针针扎在柳嘉心头。

柳嘉哑然失声。

他停下脚步，试图去做点什么。

然而他尝到了"无能为力"的痛苦，他触摸不到这里的人，也改变不了正在发生的一切。

荆棘王冠神秘男孩，悬浮在半空中，朝地壳塌陷处飞去。

但他也只来得及抓住一名五六岁小男孩的手——地震引发了海啸，巨大的浪头吞没了城市和人群。

"呜，姐姐……"被救的小孩，身体缩在荆棘王冠男孩的怀中，呼唤亲人，泪眼蒙眬。

"不要妄图超越未知……呵，1号实验体，所谓悲剧只是生命长河中的如沙蜃景。"荆棘王冠男孩喟叹一声，抱紧小孩，平稳地降落在一处海滩上。

柳嘉跟了过去，惊奇地发现小男孩的相貌和阿俪十分相似。

巨浪很快消退了，一股股寒气钻出，在海面结成了一层薄冰。

空气安静得仿佛刚才的灾难，只是一场虚构的电影。

荆棘王冠男孩凝望着海面，挺直身躯，右手半握重重叩击在心扉。

"以荆棘之名起誓，瘠岭梦魇，轮转不休……复活，直至噬魂珠能量消逝殆尽……"

柳嘉眼前的画面渐黑，似在向沉没的瘠岭和人群默哀。

又一阵窒息的黑暗席卷而来……

黑暗中，似乎有无数细小的荧光在飞舞。

忽闪——忽闪——

细小的荧光渐渐靠拢在一起，聚成了一团跃动的火焰。

火焰猛地暴涨，化成了一只浑身燃烧着黑色火焰的八爪乌贼。

乌贼吐沫，浓黑的墨汁笼罩了整个世界——扑面而来的不是浑浊的污秽，反而像是一股温泉般的暖流，在天地间环流，令人如沐春风，心旷神怡。

"嘉……柳嘉……"

轻柔的呼唤让柳嘉的意识从黑暗与更深沉的黑暗中逐渐回归。他缓缓地睁开眼，戚梦萦焦急的面容如一道阳光，照进心扉。

"你没事吧？"戚梦萦拍了拍柳嘉的肩膀，"一直站着发呆，是无法走出时间回溯装置的。"

柳嘉眯了眯眼睛，大脑诱发出一阵阵晕眩。

"我刚刚好像看到了一些……奇怪的画面。"

"什么画面？"戚梦萦表情一愣，然后警觉地询问。

"嗯……我又想不起来了……头好痛。"柳嘉痛苦地蹲下身体，双手抱紧自己的后脑勺。一阵阵呕吐感翻涌而上，直至喉咙，他不由得歇斯底里地干呕起来。

"柳嘉，放空大脑，什么都别再想了。"

"你的精神损耗非常严重，应该是陷入了记忆回溯装置引发的梦中之梦，你已被吸取了大量能量。"戚梦萦平静地

说道,"快尝试在内心默念十四行诗,或许有效。"

柳嘉木然地点点头,随着念诵诗句,精神力果然慢慢地恢复了少许。

但很快,他又困惑地皱起了眉……

第十一幕 结束

> 我注意你们很久了.

ACT 12

第十二幕

铁皮人之墓

一抹绿色光影犹如链条般前后延伸，旋转得飞快。

当柳嘉、戚梦萦和修感觉自己的身体跟随绿色光影，陡然暂停在原地时……柳嘉用力摇晃了一下晕沉沉的头，发现已经回到了"铁皮人墓地"里。

"1分32秒——看来你们见到不少好东西。"

罗西拿着用废铁皮临时扭成的"螺丝刀"，盘腿坐在了地上，周围到处都是他从时间回溯装置上拆下来的零件。

"科技等级B。不得不说，能这么快拆卸完成，你有两下子。"格蕾丝的防风眼镜亮起了红灯，扫描着时间回溯装置。

洛楚·傲蔑夫不服气地龇起了牙，却无从反驳。

"我在倒数第87个记录点，看到了能量核心在'铁皮人墓地'中的位置。"戚梦萦飞快地说着，双眼四下寻找着什么。

修和柳嘉交换了一个惊讶的眼神。

"你说的是这个吗？"罗西从口袋里掏出一个魔方大小的金属块，得意地扬起眉毛，"抓地鼠的游戏，可没有人能赢得过我。"

戚梦萦欣喜地从罗西手中接过金属块，仔细检查了一番后，再次还给罗西："没错，就是它。"

"切，只是运气好。"洛楚·傲蔑夫懊恼地扭过头，"我早就怀疑角落里那堆黄色的破铁皮了，只是没有过去翻找而已……"

"难怪……易天爵说黄毛猴的嘴巴特别硬！"柳嘉头昏脑涨，不以为意地打断了洛楚·傲蔑夫的话头。

"好了，现在时间紧迫！"戚梦萦对照乾坤手环中的任务提示，神情再次变得严肃，"既然拿到第一块能量核心，在梅里博士拆卸掉瘠岭发动机之前，我们必须打败嘎多，拿到第二块才行。"

"第二块已经自动送上门了。"

格蕾丝冷哼着穿上了自己的金属战甲，抬起旋转着金色光轮的手臂，瞄准"铁皮人墓地"的大门。阿俪带领一群铁皮人卫士，毫无预警地出现在门口，冷笑着用激光枪瞄准了他们。

"放下能量核心，你们逃不掉了。"

小狩梦人立即进入了警戒状态。

修正想说些什么，一阵厚重金属敲击地板的闷响声由远及近。

"梅里博士，"阿俪朝走到她身后的身影恭敬地汇报，"另外两个入侵者还在搜捕中，其他的全在这里。"黑暗身影不发一言，继续向前。

柳嘉的心跳随着黑影的脚步声变得越来越剧烈。

铁皮人墓地角落里的两个金属火盆，自动点燃了幽绿的火焰。

暗淡的火光中，梅里博士穿着厚厚的深紫色外套，像查验货物般，在房间中缓缓踱步，空洞地扫视着神情紧张的闯入者们。他的一只机械手臂仿佛渴望捏碎什么，铁钳手掌用力地张合着，野兽般的青铜面具在幽绿火光的映衬中，显得更加可怖狰狞。

"小捣蛋鬼们，我已经注意你们很久了。"

梅里博士说话的声调，十分阴冷，柳嘉能感觉到他的身上散发着一股带着海水腐烂味的煞气。

"把能量核心还给我，我可以让你们拥有最高等级的机械身体，成为瘠岭自我之下，最受人景仰的铁皮人。"

"我们可不想去帮你修船底……"柳嘉噘着嘴小声嘟囔。

梅里博士猛地转过头瞪着柳嘉。

柳嘉倒吸一口凉气，赶紧闭上了嘴。

"恕我直言。"罗西不以为意地抛接手中的能量核心，"你那台制作铁皮人的机器……程序早就过时了。我完全没有兴趣。"

"铁皮人的设计也毫无美感！"洛楚·傲蔑夫高傲地扬着下巴，环抱双臂。

"梅里博士，你不该为了满足自己的私欲，而不顾瘠岭居民们的安危。"戚梦萦直视着梅里博士闪着绿色荧光的双眼，义正词严地说道。

"那又如何？"梅里博士恼怒地伸出铁钳手，抓住了戚梦萦的脖子，直起佝偻的背脊高傲地俯视着她的脸庞，"小丫头，你根本不会明白，不被人理解的痛苦。"

他压低声音冷冷地说："阿俪，把这群啰唆的小鬼统统抓起来，变成铁水，让他们为自己的愚蠢付出代价。"

"等等！阿俪！"眼看阿俪和身后的铁皮人警卫们一起举起了激光枪，修突然大喊，"不要再为梅里博士卖命了！你的弟弟小明，一定不想看到你现在这副样子！"

阿俪的步伐停滞了，紫色的机械眼中幽光激烈闪动。

"不许违抗我的命令！"梅里博士愤怒地狂吼着，转过头恶狠狠地瞪着阿俪说，"别忘了我们的约定，小明还在我的手里。"

阿俪咬着牙下定决心，举起机关枪瞄准了修，仿佛在发泄愤恨般扣动扳机，紫色的激光猛烈地飞迸了出去。

"护盾术！"戚梦紫大喊着举起双臂，一张红色的透明光盾瞬间向周围张开，将小狩梦人和修保护在其中。

"易天爵发来消息，他和玛尔塔已经平安返回灯笼鱼潜水艇了！"戚梦紫满头大汗地喘着粗气，被阿俪和铁皮卫士们发射的激光持续击中的护盾，渐渐变得若隐若现，"护盾术抵挡不了多久攻击，我们必须尽快撤离！"

格蕾丝抬起手臂，朝旁边堆满破旧铁皮的墙面，猛地发射出数枚金色光轮，在一个剧烈的爆炸声后，墙面出现了一个大洞。

戚梦紫飞快地向柳嘉递了个眼神。

"朦胧术！"柳嘉大喊一声，按照戚梦紫预先制订的作战计划，用黑雾将自己和戚梦紫、罗西以及修包裹了起来，从洞口一跃而出，像羽毛般轻盈地向漆黑的海面飘落。

发动"风驰电掣"的格蕾丝和用"晃悠悠烟雾"做降落伞的洛楚·傲蔑夫紧随其后，没过多久他们便全都降落到铁皮人基地外的海面上，飞速钻进了早已停在下方等候多时的灯笼鱼潜水艇里。

"不能让他们逃走！"梅里博士气急败坏地大喊。

"可恶！"阿俪怒吼着冲出洞口，在苍白的月光下，纵身跳到了一艘从下方飞过的铁鱼飞船上，朝潜水艇追赶过去。

梅里博士怒气冲天地站在寒风凛冽的洞口，而在他的

护盾术抵挡不了多久攻击，我们必须尽快撤离！
等等！阿俪！不要再为梅里博士卖命了！
哇啊！
哈呀！
你的弟弟小明，一定不想看到你现在这副样子！

身后，一大群梭形的金属块像蟑螂般，沿着漆黑冰冷的墙面从天花板上蹿下，并在地面上聚集，发出昆虫般的"咯叽"声响和"嗞嗞"的电流声。

很快，黑色梭形金属像从地面冒出来的金属水柱般越积越高，最后构建成了一个七米多高的黑色机械怪兽——

它的钢牙如刀尖般锋利，略短的前爪尖锐如钩，浑身的粗厚钢铁鳞片闪耀着咄咄逼人的寒光。

怪兽张开嘴发出一个愤怒的咆哮，仿佛让整座基地都在为之颤抖。

"我多年的计划，绝不能毁在几个无知小鬼的手里。"梅里博士望着微微泛红的海平线，声音阴沉地高喊，"'梅菲斯特号'——全员出击！这将是瘠岭最后的黎明。"

小狩梦人驾驶着灯笼鱼造型的潜水艇，往洋海深处撤退。

追捕他们的铁鱼飞船队呈扇形分布紧随其后。

不一会儿，飞船队便追上了灯笼鱼潜水艇，位于铁鱼飞船队旗舰驾驶舱中的阿俪，向耳廓处的通信器发出指令。

"发现目标，击沉那艘潜水艇。"

她的话音刚落，五艘航行在她斜下方的铁鱼飞船，接连不断地发射出十几枚鱼雷，像燃烧的火球般穿过漆黑的海水，在灯笼鱼潜水艇周围炸裂。

"破铜"惊慌失措地转动方向盘，潜水艇仿佛喝醉了酒，在被炸开的一团团水花间胡乱扭动着。在易天爵与洛楚·傲蔑夫的怒骂声中,其余人和铁皮兔TuGa就像被击飞的乒乓球一般,在舱室中猛烈地弹射着。

"让开!"格蕾丝用力将"破铜"拎开,坐在驾驶座上握住了方向盘。

一枚鱼雷在潜水艇的斜左方炸裂,巨大的水浪推挤着船身,混沌的水花遮蔽了透明的驾驶舱。格蕾丝借着浑浊海水的掩护,飞快拉起船身冲上了海面,一大片海滩出现在了潜水艇正前方的不远处。

"时间卡点刚刚好。"

罗西双眼闪闪发亮地看了一眼乾坤手环。

柳嘉透过驾驶舱前的玻璃,发现在朦胧的晨光中,一艘巨型运载飞船正侧翼飞翔。

没过多久,几个人影从飞船尾部一跃而出,张开铁灰色的降落伞在半空中滑行。

紧接其后的是几个体形巨大的机器人,被一群机械蜂鸟用火红的激光绳索悬挂拖拽着离开了运载飞船,仿若天降神兵般缓缓地朝海滩降临。

它们被打磨得锃亮的金属身躯,反射着清晨的阳光,躯体各个部位的指示灯,就像从容的心跳忽明忽暗。

"大家伙来了。"易天爵兴奋地咧起嘴用力抱拳,"本酋长要战个痛快!"

与此同时,老铁坐在装满毛血旺炮弹的中古机器人中和老烟斗以及恶棍角斗场的角斗士们一起,随着降落伞稳稳

地降落在了海滩上。他们扔下降落伞后,朝旁边用黄泥搭建的破旧小村落跑去。

"全村戒备!狙击手、导弹旅和所有作战单位各就各位!"老铁挥动机器人铁锤般的手臂大喊。

一小群居住在村子中的流浪者和部分身体变成铁皮的鸡、鸭、鹅,惊慌尖叫着到处逃窜。

恶棍角斗士们也纷纷跳上屋顶,或埋伏在断裂的泥墙之后。

几个体形彪悍的角斗士指挥着机械蜂鸟群,将七个三米多高的机器人降落在指定地点,并用麻布、海草和泥沙将它们掩藏起来。

"角斗士们,不要伤害这里的任何人!"老烟斗玩世不恭地坏笑着大喊,"这一次,我们可是正义之师。"

"他们过来了!"老铁看着海面大喊。

海面之上,潜水艇如刀尖般划破被朝阳染红的海水,冲上了泥沙海岸。在后方追赶的铁鱼飞船队,仿若一大团黑压压的乌云,轰鸣着朝潜水艇发射绿色激光,在沙滩上炸开一团团巨大的沙尘。

"掩护他们登陆!"老烟斗大声命令。

老铁操纵机器人扔出一颗颗毛血旺炮弹。村庄房顶上的三门水牛头造型钢铁火炮,和在村口列队的钢鬃兄弟连,朝铁鱼船队发射出熊熊燃烧的火球。

数艘铁鱼飞船被击落,飞船轰隆隆地冒着黑色浓烟坠落在海里。

阿俪坐在领航的铁鱼飞船中,恼火地撇了撇嘴。

"飞船队!攻击村子里那群碍事的家伙!"

铁鱼飞船队迅速分成三组,从不同的方向朝村中的恶棍角斗士们射击,海滩上顿时炸裂声轰响,沙尘滚滚。

"按照计划分头行动!"戚梦萦大声说着,和罗西、易天爵一起隐匿进柳嘉释放的黑雾中。

"金色螺号"队成员也配合施展出各自的狩梦人技能。

第十二幕 结束

第十三幕

机器人大乱斗

七个小狩梦人飞快地朝村庄的方向跑去。

在他们身后，铁皮兔 TuGa 折叠变形成了一辆三轮摩托，位于车头的兔子头双眼亮起红灯，载着修和"破铜""烂铁"，在枪林弹雨中飞快地朝最近的一堵黄泥矮墙飞驰，与老烟斗和老铁会和。

老铁立刻塞给他们一个迷你工具箱。"你们负责修理和治疗受损的角斗士！"

"臭小子们，启动机器人需要时间！"老烟斗在震耳欲聋的轰炸声中大喊，"全体加大火力攻击！"

纷飞的炮火声中,小狩梦人神情紧张地登上了雕刻着各自图腾的机器人。柳嘉的机器人"八爪号",像用方形铁块和螺丝堆叠起来的大型金属积木,驾驶舱位于胸口处,大小刚好能容纳一套课桌椅。

柳嘉飞快地将罗西分给他的一小块能量核心,放置在前方平板电脑大小的操控台下方——一个嵌着银色方形金属环的凹槽里。

驾驶舱内立刻响起机械启动的嗡嗡声,一个机械的女中音:"驾驶员已就位。'八爪号',战斗模式启动。"

几幅绿色光影图闪现在驾驶舱玻璃左右两侧,显示着机器人的体征,以及雷达、地图和通信。

柳嘉紧张、兴奋而又激动得几乎难以呼吸。

就在"八爪号"的旁边,四肢粗壮的"戏猴号"、闪着冰雪般寒光的"雪狼号"、仿佛熊熊燃烧着的"智火号",以及"光轮号""魔人号"和"变色龙号",机器人眼部或是胸口纷纷亮起了能源灯,迈着笨重的机械双脚往海边走去,发出巨大的"咚咚"闷响声。

阿俪带领铁鱼飞船在机器人上空盘绕,并猛烈射击着。

一道道激光打在机器人的金属身躯上,撞击出"哐当"声响,然而机器人却丝毫无损。

"可恶。"阿俪不服气地咬着牙冷哼。

戚梦萦操纵"智火号"高高举起钢铁手臂,手心中央喷射出两道赤红的火焰。周围的铁鱼飞船纷纷避让,几艘被击中的飞船像被喷了杀虫剂的苍蝇,坠落在沙滩上。

"各位!我们需要先转移铁鱼飞船队的攻击,以免角斗士和村民受伤!"戚梦萦冷静地大声说。

"我们可没兴趣听你婆婆妈妈。"格蕾丝操纵着橙黑相间的"光轮号",手背上飞快旋转的橙色金属轮盘,像回旋镖般攻击着周围的铁鱼飞船,并将它们毫不留情地切割成两半,"'金色螺号'队!击溃铁鱼飞船队,逼迫梅里博士和嘎多出战,抢夺第二块能量核心!"

"说得好,格格!"洛楚·傲蔑夫的"变色龙号",架在肩膀上的两个导弹发射器,不停地发射迷你导弹击落铁鱼飞船,"'金色螺号'队和'绝佳洗衣液'队的比赛,可还没有结束!"

玛尔塔操控着绿色巨蛋般的"魔人号",挥舞着两只铁锤手臂,犹如一位重量级拳击手迅猛出击,逐一击溃胆敢接近她的铁鱼飞船们。

"求之不得!"易天爵坐在"戏猴号"中,红色金属面盔上的V形双眼闪着白光,"'土田螺'们,睁大你们的眼睛,看好本酋长真正的实力!"

易天爵亢奋地大喊,"戏猴号"的右手中出现一根白色的激光长棍,并且用力地朝周围挥舞,五六艘被击中的铁鱼飞船便在半空中冒起了浓烟。

"除了精彩的游戏,其他我都不感兴趣。"

罗西游刃有余地触摸着面前极其复杂的光影操控盘,两柄闪着蓝色寒光的激光剑出现在"雪狼号"的双手中,招式极其华丽地劈砍着周围的铁鱼飞船。

柳嘉操控"八爪号"跪坐在地上,高高架起位于背后的八根炮管,朝铁鱼飞船喷射墨汁烟雾弹。

"漂亮!"老烟斗蹲在泥墙防御工事下,兴奋地望着和铁鱼飞船队大战的机器人,数道激光从他的头顶飞过,吓得他赶紧潜伏起来,"我一定要让这几块大铁块加入我的收藏!"

恶棍角斗士们燃起了斗志,铁鱼飞船被打得节节溃败。

修和"破铜""烂铁"乘坐变形成三轮摩托的铁皮兔子,在炮火纷飞的村庄中穿行,紧张地修理和治疗着负伤的角斗士们。

修惊讶地看着机器人激烈地打斗,目光不时在半空中盘旋着的铁鱼飞船间逡巡。蓦然，他的神情变得严肃起来，眉头紧皱地站起身望向漂游着一大片黑影的海面，紧张地喃喃自语："那、那是什么……"

一条粗大的黑色金属长尾，如巨蛇在海面上飞快沉浮，接缝间闪烁着绿色荧光。大群灰色机械食人鱼，密密麻麻地游动在庞大黑影周围，头顶上的钻头闪着尖锐寒光。

海岸上的人们逐渐察觉到了黑影的靠近，纷纷转头看向海面。

刹那间，巨浪滔天翻涌，一个七米多高的巨型黑色金属怪兽，披挂着海水做成的盔甲，仿佛要吞噬世界般尖啸着破海而出。

它覆盖在身体上的三角形黑色金属鳞片，像有生命似的缓缓扇动着。张大的嘴中，几十上百颗金属尖牙仿若锋利的刀刃，酝酿着一团绿色的激光。

海岸上的恶棍角斗士们就像失了魂，神情震撼地凝望着眼前这个死神般的庞然大物，身体完全无法动弹。

"是嘎多！"

戚梦紫收起"智火号"正要攻击铁鱼飞船的手臂，惊慌地大喊。

突然，嘎多巨大的尾巴像钻头般旋转着，刺穿了"智火号"的后背，伤口处顿时炸裂，驾驶舱内火光迸射，戚梦紫惊呼一声，和"智火号"一起重重地摔倒在地上。

"戚梦紫！小心——"柳嘉操纵"八爪号"调整炮台，怒吼着朝嘎多猛烈射击，"我要炸掉你这个坏蛋！"鲨鱼头造型的炮弹将嘎多的金属身体炸裂数块，它的脖子和腹部，裸露出隐藏在合金外壳下的输油管道以及精密骨骼，电流与火花声随即嗞嗞作响。

嘎多愤怒咆哮着张开血盆大口，一道绿色激光击中"八爪号"并瞬间爆炸，柳嘉立刻发动朦胧术躲避，而他所在的驾驶舱则被炸得七零八落，"八爪号"冒着滚滚浓烟倒在了地上。

修和"破铜""烂铁"坐着铁皮兔子三轮摩托车，穿过枪林弹雨，赶到了"智火号"和"八爪号"旁边，开始紧急修理。

罗西和易天爵分别操控"雪狼号"和"戏猴号"高高跳起，挥舞激光大剑和棍棒朝嘎多攻击过去。

嘎多厉声吼叫，前爪突然"哐咚"扭动着变形成两根炮管，分别朝"雪狼号"和"戏猴号"喷射出两团发光的黏稠绿色溶液。

"是强酸。机舱被穿透了。"

罗西恼火地撇了撇嘴，操控"雪狼号"猛地向后跳走。

易天爵却不服气地咬紧牙，"戏猴号"握着激光长棍猛地对嘎多用力挥打。

嘎多双眼绿光闪耀，突然张大嘴朝"戏猴号"咬去，狭长锋利的钢铁尖牙刺穿了"戏猴号"的肩膀，在嘎多猛烈的撕咬中，"戏猴号"被啃咬下大块钢铁覆板，拉扯出一丛丛冒着火光的金属线。

"科技含量A。这个大家伙,很不好对付。"格蕾丝有些不安地撇了撇嘴,防风眼镜亮着红光,"'金色螺号',启动超感连接!"

"乾坤手环共享完毕!"

"超感连接触碰完成!"

满头大汗的洛楚·傲蔑夫和玛尔塔分别在驾驶舱中紧张地大喊。

"金色螺号"队成员动作整齐划一地操控着机器人,摆出攻击姿态冲向嘎多,锋利的金色飞轮和冒着黄烟的导弹对着嘎多左右夹击。

"魔人号"的双拳扭动变形成两个巨大的尖刺铁球,挥舞着砸向正在忙于应付飞轮和导弹攻击的嘎多。

这时,沙滩上突然像引爆了连环炸药般炸裂开来,无数条黑色的机械食人鱼,仿佛井喷的石油从沙地下冒出,并在空气中飞快地聚合,变形成身体和尾巴如镂空鱼骨般的机械狗,将"光轮号"和"变色龙号"扑倒在沙地上,撕咬下一片片铁皮。

嘎多仿佛嘲讽般抬起巨大的钢铁头颅仰天长啸。

它用力抓住"魔人号"的巨大手臂,并将它高高地举过

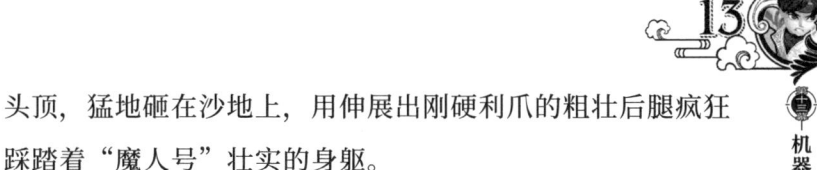

头顶，猛地砸在沙地上，用伸展出刚硬利爪的粗壮后腿疯狂踩踏着"魔人号"壮实的身躯。

"发什么呆！赶紧去支援呀！"

老烟斗和老铁指挥恶棍角斗士们冲出村庄，朝嘎多和机械狗杀去。

"我们抓紧时间，过去帮忙抢修机器人！"修跳上铁皮兔子三轮摩托车，对呆若木鸡的"破铜"和"烂铁"大喊。

"垂死挣扎，一群无用的流浪垃圾！"梅里博士坐在位于嘎多头部的宽大驾驶舱里，阴森地冷笑着。

他看着前方光幕的显示器里，正从泥沙中狼狈挣扎起身的机器人，以及和铁鱼飞船、机械食人鱼殊死搏斗的一众角斗士和流浪者。在他座椅的下方，四个铁皮人操作员正分别站在一个圆形金属台上，身体各自连接着一个机械摇杆，按照梅里博士的要求指挥着嘎多的一举一动。

"你还在犹豫什么，阿俪。"梅里博士望着出现在屏幕右侧表情木然的阿俪，狰狞的青铜面具后响起沉闷的低吼声，"马上干掉那些小杂碎。别忘了，你的弟弟——小明，还在我的手里。"

阿俪咬紧牙，双眼中的紫光焦躁不安地闪动，不情愿地回答："是，梅里博士。铁鱼飞船，投射 BB-25 激光弹。"

阿俪的影像消失了，而在屏幕中央，紫色的激光球从铁鱼飞船上泻落，沙滩和村庄顿时传来接连不断的爆炸声，火光四起，浓烟弥漫，铁片横飞。

仍在抵抗的铁皮角斗士们,和村庄的黄泥屋一起被炸得粉碎,惨叫声、炸响声和机器的轰鸣声,几乎将空气都震碎了。

梅里博士满意地点了点头:"就是这样——"

嘎多仰起头,在沙尘弥漫的海滩上发出一声震天动地的咆哮。

与此同时,瘠岭的西侧海域,"威蜢将军"和"炉渣灰"正坐在一艘巨型铁鱼飞船中,飞行于冰雾和浮云交融弥漫的洋海上空。

十余艘运输飞船喷射着绿色的火光紧随其后。

"威蜢将军,前面就是瘠岭主发动机房了。"

"炉渣灰"眺望着前方的不远处,一座巨大的白色风车正耸立在瘠岭最西侧的钢铁基台之上,雏菊花瓣般的白色金属叶片,在被浓云遮蔽的淡金色晨光中静默着。十几个巨大的钢铁支架,如守卫星辰般环绕在基台周围。

"只要顺利拆卸掉发动机,梅里博士的计划中,您就位居头功!没有人可以和您相比!"

"那是自然。""威蜢将军"看着越来越近的白色风车,得意扬扬地摇头晃脑地说,"阿俪处处和我作对,但她根本不知道,梅里博士只是利用她救弟心切,让她去对付那群流浪者而已。"

"威蜢将军"轻击座椅扶手上的按键,位于他面前的光影显示屏中,出现阿俪正驾驶铁鱼飞船战斗的身影。

"自从阿俪和那群异乡人接触后,最近是越来越不听控制。梅里博士决定这次任务结束后,将她回收。这丫头真是蠢,还真以为博士会给她和她的弟弟自由!"

"将军的洞察力,实在是令人佩服!""炉渣灰"卑躬屈膝地说,"炉渣灰愿意为您长久效力。"

"好好表现,我不会亏待你的。""威蜢将军"高傲地扬起下巴,"梅里博士有令,尽快拆除瘠岭主发动机!瘠岭的忌日就是'梅菲斯特号'的诞辰。"

"威蜢将军"一声令下,巨型铁鱼飞船和运输船在半空中散开队列,从四面八方朝白色风车所在的金属基台快速降落。

第十三幕 结束

> 为什么要救我？

狄梦奇航
决战
机甲王

ACT
14

第十四幕

西多大战嘎多

太阳已经升上天空中央。

黑潮海滩上仍然烟尘弥漫，炮火纷飞。

"我们快扛不住了！梅里博士的军队数量超乎想象！"老铁在震耳欲聋的爆炸声中大喊。

不远处，长着熊猫头的铁皮人武道家，机械身体被炸得四分五裂，一只手仍然紧握挂着酒壶的武士刀。

老烟斗灰头土脸地躲在一堵泥墙工事下，看着不远处仍然在和嘎多拼死交战的七个小狩梦人，将一管闪着蓝色荧光的药剂痛苦地淋在被流弹炸伤的伤口上。

"可恶，我们的援军还没到吗？"

修一边神情紧张地维修着能量不足的"智火号"，一边观察着勉强重新站起来的六个机器人在海边与嘎多和机械狗的战况。

铁鱼飞船队在他们身边毫不留情地继续轰炸着。

"老大！小心！""破铜"突然大喊一声。

修的耳边响起震耳欲聋的爆炸声。

他被"破铜"用力扑倒在地上，耳朵和大脑嗡嗡直响。

而当他回过神抬起头，发现一滴殷红的鲜血坠落在他耳边的沙地上。

"烂铁"在旁边焦急地大喊："老大！'破铜'被炸伤了！"

修赶紧翻身坐起，惊愕不已地看着身后被炸伤的"破铜"。

"先把他带去安全地方！"戚梦紫焦急地大喊，操纵"智火号"站起身，朝天空中的铁鱼飞船喷射火焰。

修趁机抱起"破铜"，和"烂铁"一起跳上铁皮兔子三轮摩托。

正在一旁列队攻击的钢鬃兄弟连被敌军激光射中，引发了连环爆炸。铁皮兔子三轮摩托被爆炸的余波和浓烟紧紧追赶着，朝老烟斗所在的泥墙工事飞驰而去。

"先止血！"老烟斗帮助修将"破铜"平放在墙根下，将一瓶蓝色药剂淋在他的伤口上，观察一分钟后，他沉重地摇了摇头，"他的心脏血管受损，恐、恐怕已经……"

"烂铁"呜哇大哭起来。

铁皮兔子 TuGa 难过地垂下了长长的耳朵。

修愣了愣,将迷你工具箱里的工具倒在地上,惊慌失措地翻找着也许用得着的东西。

"这孩子不是铁皮人。"老铁摁住修不停颤抖的手。

铁皮兔子用耳朵轻轻抱住悲痛大哭的"烂铁"。

老烟斗和老铁沉重叹息着。

"为什么要救我?"修看着呼吸越来越虚弱的"破铜",嗓子眼里仿佛塞满了沙子,"流浪者的老大,本来就没几个长命的。我早就有心理准备!"

"因为是你把我从阴沟里捡回来,给了我一口饭吃。""破铜"说。

"老大,下辈子我还想做你的小弟。"

"老大,你别做流浪者的老大了,太危险。做个普通的铁皮人吧,你一定要长命百岁。"

"破铜"微笑着闭上了眼睛,一滴眼泪从他的眼角滑落。

修眼眶通红地伸出手指,抹掉了"破铜"的泪珠。

他站起身来,看了一眼仍奋不顾身与嘎多交战的小狩梦人,抬头望向天空中仍不断攻击的铁鱼飞船,愤怒而又悲痛地高声大喊着:"阿俪!停下!快醒醒——睁开眼睛看看瘠岭!看看这里的人们!这真是你想要的吗?!"

阿俪在飞船中俯视着站在纷飞炮火中的修。

修浑身伤痕累累,额角、手臂和大腿尤其严重。

在修的周围,是疮痍满目的村庄和非死即伤的同伴。一个十岁左右的男孩仿若枯萎的花朵，正双眼紧闭地躺在他的脚边，似乎没有了生命体征。

阿俪仿佛被触动了般愣了愣。

另一个十岁左右的男孩活泼的笑脸和声音，浮现在了她的眼前。

"小明……"

阿俪出神地喃喃低语，冷漠的紫色双眸里，目光渐渐变得忧伤而柔软，额头上的小红灯激烈地闪烁着。

"阿俪。"通信器中突然响起梅里博士阴沉的声音，"能量核心就在这几个愚蠢机器人的身上，马上帮我拿过来。"

阿俪看了一眼负伤严重的机器人，正挣扎着从地上爬起来。

她龇了龇牙掉转铁鱼飞船，悬停在得意扬扬的嘎多和机械狗上方。

"梅里博士，一直以来我只听见过小明的哭声，我想看看他是否安然无恙。"

"怎么？你怀疑我？"梅里博士恼怒地低声问。

嘎多随之低吼着朝阿俪的飞船转过头来，双眼冒着凶恶的绿光。

"不过，让你看看也无妨。"梅里博士奸猾地冷笑着。

阿俪的驾驶舱出现一个光影屏幕，一个小男孩正在屏幕中的铁皮座椅上哭泣。

阿俪额头上的红灯飞快闪烁，她的神情随之变得越来越激动。

"这不是小明……我扫描了影像,这是一个仿造的铁皮人!小明在哪里?!"

通信器里传来梅里博士的狂笑声。

"没想到,还是被你识破了。好吧,反正计划已经快完成了,你的价值即将归零。"梅里博士冷哼着,嘎多笨重地转过了身瞪视着阿俪的飞船,"小明被嘎多吞下的那一日,就已经死了。你愿意相信他还活着,那是你愚蠢。"

"梅里——"阿俪愤怒得咬牙切齿,额头上的红灯仿佛炸裂般刺眼,"你杀了我的弟弟,还骗了我这么久——我绝不原谅你!"

她操控飞船朝嘎多猛烈攻击,然而一道道激光竟像无力的水柱,嘎多坚硬的钢铁身体丝毫无损。

"那你就和他们一起,去海底生锈吧!"梅里博士奸猾地大笑起来,"全体听令!阿俪已经叛敌,将她和其他人——一起毁灭!"

嘎多仰起头发出震天响的咆哮声。

机械狗和铁鱼飞船纷纷重新列队,朝七个小狩梦人以及幸存的反抗军们再次发起了猛攻。

村庄被轰得粉碎,恶棍角斗士们残破的身体,在绵绵不绝的爆炸声中与漫卷的猩红火光和黄色沙尘一起四溢横飞。

老烟斗和老铁狼狈地狂奔着寻找新的避难之所。

14 西多大战嘎多

"各位!"戚梦萦看着惨不忍睹的黑潮海滩,一边操控"智火号"艰难地支撑起身体,一边焦急地大喊,"如果继续各自作战,我们无法打败嘎多!"

"那就让他好好感受一下属于西多的'终极战斗'吧!"罗西恼火地瞪着嘎多,他的发丝全都被汗水粘在了脏兮兮的额头上,"雪狼号"用激光大剑支撑着金属身体站了起来,而罗西像弹钢琴般,飞快地点击操控台上一大堆复杂的按钮。

"能量核心已启动——开始上传数据——准备程序对接——完成神经握合。"

"你、你们,'绝佳洗衣液',真是一群疯子。"格蕾丝恼火的语气中带着一丝欣赏,"光轮号"在沙地上单膝半跪着,左臂的金属飞轮已经被折断,"没有经过特殊训练就进行'超感连接',若不是为了完成任务,我才不会和你们这些家伙一起乱来。"

"洗衣液们，先说好！"洛楚·傲蔑夫和玛尔塔不甘心地咬紧了牙，操控机器人缓缓站起身，"如果造成大脑神经元混乱，我们概不负责！"

"那个混蛋已经让他嚣张得够久了。"易天爵咬牙切齿地瞪着嘎多，"戏猴号"颤巍巍地站起身，手中的激光棒像接触不良的光束般闪烁不停，"我要拆了那只死狗的骨，扒了它的皮！"

嘎多大声咆哮起来，朝周围喷射着绿色的激光和强酸溶液，竖起倒刺坚硬的尾巴如飞甩动，小狩梦人操控机器人四处躲避，应接不暇。

"我们需要一点时间！"柳嘉焦急地大喊，而操控台上的"超感连接"启动程序，被嘎多的攻击一次次打断。

他的话音刚落，阿俪驾驶着铁鱼飞船，绕过另外几艘飞船的攻击，重新回到嘎多的旁边朝它猛烈攻击。

"爱说大话的小鬼们！还有什么本事就亮出来吧！"嘎多怒吼着，像驱赶苍蝇般用力挥动尾巴，并朝空中胡乱喷射激光炮想将阿俪击落，却都被阿俪灵巧地躲避了。

几艘快速赶来助战的铁鱼飞船，猛烈地朝阿俪的死角射击，意外将她驾驶的飞船一侧机翼击碎，阿俪随着飞船飞快地向下坠落。

"阿俪！过来这里！"

修驾驶着一艘被临时修理好的铁鱼飞船，突然出现在阿俪的旁边。

阿俪不服气地咬了咬牙,敏捷地跳到了修敞开的驾驶舱中,脚下不慎一滑,正好跌坐在修的怀里。

"完美的降落。"

修望着阿俪惊愕的神情,苦笑着耸了耸肩膀。

"趁现在!"戚梦萦见嘎多被阿俪分走了注意力,高声大喊,"西多——合体!"

这时,几道像神经脉络的紫色光束,从机器人的背后生长出来,并在空气中蔓延攀爬,相互快速交织连接。

紧接着,这些"神经脉络"用力收缩,七个机器人随之腾空飞起并聚合。

它们巨大的金属身体,在空中快速地折叠变形,发出清脆的"咔嚓吭哧"声响,并像积木般堆叠组合在一起——

几秒钟后,一个将近十余米高的巨大机器人在半空中组合成形,随着一个华丽的转身跳跃,它单膝半跪,稳稳地落在了黑潮海滩上,发出一声巨大的闷响。

所有人都震惊不已地转过头,看着这个在滚滚飞扬的黄沙中,仿若战神降临般,缓缓站起身的庞然大物——它的左脚和右脚分别由"八爪号"和"戏猴号"变形而成,粗壮钢铁巨足的脚掌,是两个双炮管的激光炮台。

而它的腰部和胸部,则是变形精密结合后的"魔人号"和"光轮号",胸前左右两端旋转着可以观察外界舷窗。"变

色龙号"延展成为左臂，肩膀后的暗槽中隐藏着一根激光炮管。右臂则是"雪狼号"，手中紧握的蓝色激光大剑，节能模式下可以收缩进动力仓库。变形为头部的"智火号"，两扇火红的金属翅膀进化成海洋模式，如鲨鱼鳍般在额头和耳畔处向脑后伸展开。

巨型机器人双眼闪着火红色光芒怒视着嘎多，双手在胸前用力地抱拳，发出一个低沉而又雄壮的声音："西多——为正义而战！"

"帅呆了！"

"虽然不想承认……"

易天爵和洛楚·傲蔑夫自豪地自言自语。

柳嘉惊讶地发觉自己的神经像是和同伴们的神经联上了网，能模糊感知到他们的情绪。

同伴们的脑波变成了一道道音轨，显现在驾驶室的光影屏幕中。

— 第十四幕 结束 —

狩梦奇航
决战
机甲王

ACT
15

第十五幕

阿俪·嘎多合体

"真是莫名其妙！几块临时拼凑成的废铁，也能抵挡我多年研究的超级战斗机器人？"梅里博士坐在驾驶舱中，缓缓收起讶异的神色冷哼，"嘎多！快把它捶成废渣滓！注意抢夺能量核心！"

钢铁巨兽嘎多怒嚎着朝西多冲刺过去，沉重的身体将黑潮海滩踩踏得地动山摇。

"迎战！"戚梦萦大声疾呼。

柳嘉操控机器人往前踏出，和易天爵默契地让西多形成弓箭步的姿态，稳稳地立在原地。洛楚·傲蔑夫和罗西操控西多的双臂,像打太极般轻而易举地将嘎多咧开的尖牙利嘴拨到一边。

"弱点进攻——齐射嘎多能量线路!"戚梦紫冷静地指挥。

罗西顺势举高激光大剑,用力将嘎多脊椎处的能量输送管道砍成两半,它的后背顿时迸射出绿色的电光,发出一声愤怒而又痛苦的哀嚎。

"妙极了!"老烟斗站在一堵泥墙边激动地挥舞拳头,"这才是绝无仅有的角斗!"

"雪狼师父的作品,果然不同凡响!"老铁崇拜地揉着秃顶的头。

"一群蝼蚁!去死吧!"梅里博士生气地低吼。

嘎多突然转过身,用力甩动巨大的钢铁尾巴,朝西多攻去。

"注意——闪避攻击!"戚梦紫高声大喊。

而此时,西多早已经扭动腰胯,在半空完成了一个漂亮的回旋转体,然后稳稳地落在地上。

"哼,你们的反应太慢了。"格蕾丝冷冷地嘲讽。

"嘿!真够带劲的!"易天爵亢奋地大喊。

"当心!它又来了!"看到嘎多调整好身形,蓄势猛冲过来,柳嘉不由得紧张地呼叫。

"进攻——搏斗之势!"戚梦紫冷静地说。

西多夹紧双臂,和嘎多面对面地冲了过去,就快短兵相接之时,比嘎多高出数米的西多突然高高跳起,挥动手中闪着蓝光的激光大剑，用力劈砍在嘎多的一只眼睛上。

嘎多左边的头部瞬间爆炸，它痛苦地仰天哀嚎着。

西多趁机抬起另一只手，朝嘎多连续发射激光炮弹，嘎多被击打得难以招架。

四只机械狗趁机冲上前增援，疯狂扑咬西多。

竖立在西多背后的两柄机关炮管飞快折叠，横架在肩膀上朝机械狗精准地发射出四枚鲨鱼头形状的追踪导弹，机械狗们顿时被炸得铁片横飞，身躯破损坠落在海滩上。

"进攻，以夺取能量核心为目标——"戚梦萦高声说。

"斩草除根才是'金色螺号'队的作风！"洛楚·傲蔑夫不以为然地大喊，操控西多的左臂，将炮管收缩变形成一个闪着黄光的激光炮管，朝嘎多发射出一枚枚橙红色的光球，"穿甲炮弹！"

光球穿过了嘎多厚厚的金属鳞片，在它的体内引发了一个个剧烈爆炸，金属鳞甲的接缝处闪着熔岩般的火光，嘎多的胸口、后背和四肢被炸出一个个巨大的坑洞，哀嚎着轰然倒地。

"这些孩子到底是何方神圣……"修在铁鱼飞船的副驾驶座上，看着海滩边的战斗惊声低语，"这不是一场普通的战斗。"

"现在不是惊叹的时候！"阿俪瞪了修一眼，驾驶飞船在空中猛地甩尾转身，开火将两艘追击的敌船击落，然后迅速驶向西多的方向大喊,"没时间了!'威蟒将军'和'炉渣灰',恐怕已经在拆卸瘠岭的主发动机了!"

"混蛋,愚蠢。居然敢出卖我!"梅里博士坐在几乎被击毁的驾驶舱里,怒不可遏地喘着粗气,周围的仪器在不停地炸裂、火光迸射,"我承认这些小鬼有两下子——不过他们以为这种程度就能战胜我,那可就太天真了。启动嘎多二级攻击系统!我要狠狠地教训一下这群毛孩了!"

接收到梅里的命令,驾驶舱下隔层的制动区域,四名壮硕的铁皮人操作员立马启动连接嘎多机器臂的钢索铰链。

一阵巨大的机器轰鸣声在海滩上响起!

嘎多随之张开长满钢铁尖牙的大嘴,发出震天嘶吼。

让所有人震惊不已的是,嘎多仿佛变成了一块巨大的磁铁,在它的怒吼声和机器的轰鸣声中,海滩上刮起了一阵狂风,周围所有的铁皮和金属纷纷翻滚着,在滚滚黄沙中朝嘎多飞去,甚至连铁鱼飞船、战败的机械狗、铁皮角斗士、老铁的机器人座驾和老烟斗的金烟斗……全都被嘎多吸了过去,在它的金属身体上飞快地黏合着、拼接着。

西多单膝跪地,一只手将激光大剑用力插进泥沙中,另一只手则和双脚一起死死地支撑在沙地上,奋力抵抗着嘎多的磁场引力。

"稳住!"戚梦萦在狂风中大喊。

小狩梦人纷纷发出使尽浑身解数的怒吼声。

"快,跳船!"修大声说,然后和阿俪一起从驾驶舱中弹射出去。

修和阿俪坠落在黑潮海滩战场附近的一棵椰子树上。

修在半空中死死抓住一丛被炸得焦黑的树枝。阿俪刚伸出手，她的机械身体却因为嘎多的磁场引力，指尖擦过了树干……

"当心啊！"修眼疾手快地抓住阿俪的手腕，"抓住！握紧我！"

"你逃不了，阿俪！这就是背叛者的下场！"梅里博士在驾驶舱中着魔般地嘶声低吼，"所有人——统统都得死！"

嘎多的嚎叫声中，磁场引力再次加强了，甚至连沙滩上的黄沙都被吸了过去。阿俪和修在狂风中死死地抓住对方的手，艰难地维持着。

一块块断裂的铁皮迎面飞来，重重地砸在修的额头上、身上和手臂上，他的额角和双手流淌着殷红的鲜血。

"不要放弃，阿俪！那些孩子一定能打败梅里博士。"修咬紧牙忍着剧痛大声说。

"可我的身体……支撑不住了。"阿俪痛苦地呻吟，被两股力量拉扯的金属身体，不时地迸射出火花。

"不许说这样的话！"修被鲜血浸透的手，死死地握紧树枝，使尽浑身力气抓住正慢慢滑落的阿俪的冰冷的金属手掌。

"听着，阿俪！"修在狂风中低吼着，"我们都会好好地活下去。我们一起去寻找小明，以后每一天我都会陪在你身

边!我们要好好生活,自由自在地去流浪。等我们头发都白了,就悄悄地离开瘠岭,去一个谁也找不到我们的地方,安安静静地死在温暖的床上——但那绝不是今天!"

"你……为什么要这样做?"阿俪疑惑地看着伤痕累累的修,"我伤害过你,还伤害了你的同伴,做了那么多过分的事情,为什么还要救我?"

"我不知道他们说的'蓝色大陆'是什么样子。"修无奈地苦笑着回答,额角淌下的鲜血染红了他的大半边脸颊,"自从第一次遇见你,我就觉得,拥有你的这个世界,就是我的'蓝色大陆'。或许这里不是太平盛世,没有繁花似锦,但是有你,就足够了……"

"你真是一个十足的大傻瓜……"

阿俪的机械双瞳中,紫色的光芒在猛烈地晃动。

忽然间，修握住的树枝发出"咔嚓"脆响。

阿俪和修惊愕地睁大眼睛，看着即将断裂的树枝。

"修！"阿俪忽然压低声音，冰冷的金属脸颊上，露出一个凄凉而又温柔的笑容，似乎在哭泣的机械双眼却没能流淌下一滴泪珠，"谢谢你……已经足够了。我想，我也已经找到了属于我的……'蓝色大陆'。"

她说完，微笑着甩开了修的手掌，身体和黄沙以及其他的铁鱼飞船、残破铁皮一起被嘎多吸了过去。

"阿俪——"修悲痛地高声大喊，眼睁睁地看着阿俪被嘎多吞噬入腹，泛红的眼眶中流淌下两行愤怒懊恼而又悔恨无助的眼泪。

在接连不断的金属敲击声中，嘎多被磁力吸引过来的无数金属、机械和铁皮层层包裹和拼接，没过多久，一个二十多米高的巨型机械怪兽出现在了沙滩上。

与其说它像是一只巨大的恶犬，不如说它更像一座丑陋无比的巨型金属垃圾山。

机械怪兽迈着笨拙的四肢在沙滩上爬行，张开大嘴发出骇人的嘶吼声，喷出一团团带着恶臭的黄沙。

"梅里制作的东西，还真是有够难看的。"老铁惊愕地扶住歪在头顶上的铁皮飞行帽。

老烟斗冷嘲热讽地哼笑："丑到极致也是一种艺术——融合了阿俪的嘎多新形态，该怎么称呼呢？"

"出击！阿俪嘎多！给我击碎这群蝼蚁！"

另一边，梅里博士正在指挥舱中鼓起狂热的眼球，手舞足蹈地怒吼着。

西多从沙地上站起身来，小狩梦人坐在各自的驾驶舱里，目瞪口呆地看着眼前这个丑陋不堪的庞然大物。

"科技含量无法测评。"格蕾丝咬紧牙轻哼。

"防御！"戚梦萦回过神来，大声提醒。

小狩梦人迅速操控西多，从沙地上稳稳地站了起来。

"又是防御！"洛楚·傲蔑夫焦躁地冷哼，"这个机器怪兽除了长得吓人，根本没什么攻击手段。看我的格斗技——'铁甲炮击'！"他大声说着，操控西多的左臂，用炮管瞄准了阿俪嘎多，连续发射出五枚黄色的激光炮弹。

然而让他更加惊异的是，阿俪嘎多竟不知躲闪，张大利嘴将激光炮弹尽数吞噬，接着顺势低吼着朝西多的头部扑咬过来。

"小心！"

罗西目光一凛，操控西多的右臂挡在头部——那是戚梦萦的驾驶舱前方。阿俪嘎多咬住西多的右臂发狂撕咬，将罗西和"雪狼号"撕扯了下来，并仰起头准备将其吞入腹中。

戚梦萦果断地摁下按钮，西多张开嘴朝阿俪嘎多喷射出一大团熊熊燃烧的火焰。阿俪嘎多恼怒地低吼一声，将破损的"雪狼号"砸在地上。

"罗西！"柳嘉焦急地大喊。

罗西操控着变回原形的"雪狼号",挣扎着想从沙地上爬起来,然而徒劳无功地再次摔倒了。

"'雪狼号'损毁严重。"罗西不服气地撇了撇嘴,"接下来看你们的。"

柳嘉发现光影屏幕上,同伴们的脑波纹路不同程度地激烈振动着。

然而阿俪嘎多完全没有给他们喘息的间隙,厉声怒号着挥动粗壮的前爪,猛烈攻击西多的头部、肩膀和身体。

易天爵和柳嘉艰难地操控西多的双脚,死死地支撑在地面上,格蕾丝和玛尔塔则操控西多不停地扭动身体,尽可能躲避攻击。

小狩梦人在猛烈震动的驾驶舱室里,惊慌地怒骂和低吼着,操控台飞快闪烁着损毁报警指示灯,电光和火星飞溅,四处迸射。

"西多损伤严重——暂时撤退!"戚梦萦查看了一下光影屏幕上西多的各项指标,焦急地大喊。

"可恶,刚才一定是火力不够!"洛楚·傲蔑夫不服气地大喊。他无视戚梦萦的指令,孤注一掷地朝阿俪嘎多发射激光炮弹。

阿俪嘎多被激怒,头上突然冒出旋转着的金属钻头,猛地朝西多的左臂——洛楚·傲蔑夫的驾驶舱攻去。

洛楚·傲蔑夫震惊地看着被钻碎的驾驶舱,还没来得及反应过来,便被阿俪嘎多的利爪从舱室中一把拽出,半空中

甩动了两圈后用力砸在地上。

"变色龙号"随之被阿俪嘎多从西多的肩膀处扯断,扔在洛楚·傲蔑夫的身边。

"小洛!"

"洛洛!"

格蕾丝和玛尔塔焦急地操控西多转身,想要保护负伤的洛楚·傲蔑夫。

然而阿俪嘎多继续不断地用力挥动前爪,酷烈地攻击着西多,坚硬的铁拳将西多残破的金属躯体击打得满是凹痕和裂口。

最后,它狂吼一声,将西多高高地举过头顶,用力撕扯着它的头颅和脚踝。西多的身体迸射着火花,小狩梦人在驾驶舱中痛苦地惊声惨叫。

一阵刺耳的脆响声中,西多被阿俪嘎多无情地拆解,撕扯成了一块块零件,像垃圾一样扔在了沙地上。

就在阿俪嘎多准备对地上的洛楚·傲蔑夫和"变色龙号"发起致命一击时,天空中传来一阵沉重的轰鸣声。一艘被改装过的铁鱼小飞船颤颤巍巍冲破云层,它的身体发出刺眼的银光,逼得阿俪嘎多不得不眯起眼睛。

"嚯,梅里,大笨蛋,久违了!"飞船的广播系统里传出了老烟斗那略带嘲讽的低沉声音。但这一次,他一点都不嚣张,反而莫名地悲壮。

"就知道欺负小孩,快来迎接老铁的怒火吧!"老铁的声

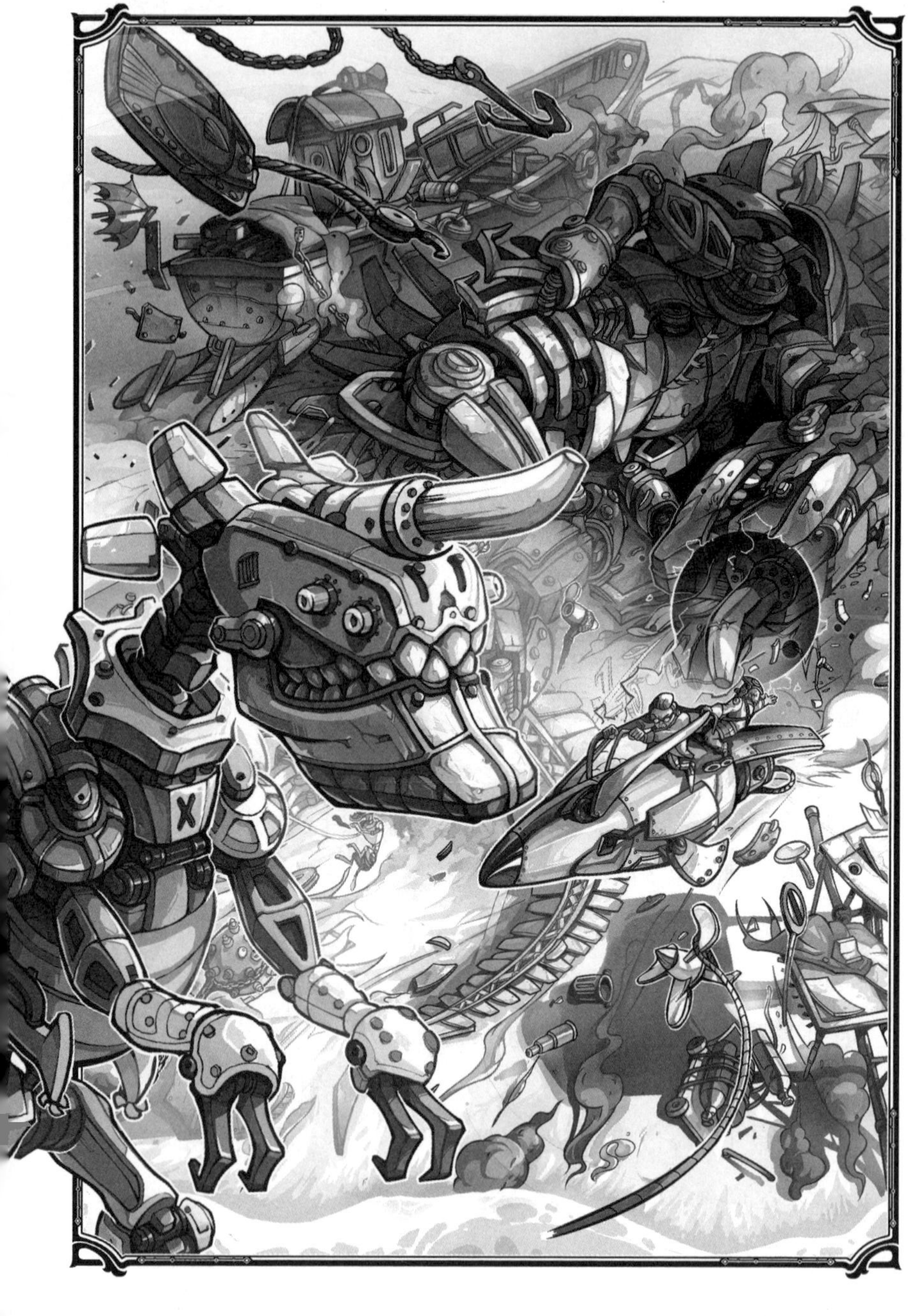

音紧接着响起，飞船下方突然打开一个舱门，一枚巨大的导弹缓缓滑出，对准了阿俪嘎多。

机械恐龙怪兽似乎被这突如其来的威胁震惊了，它转向铁鱼飞船，放弃了对洛楚·傲蔑夫和"变色龙号"的攻击。

阿俪嘎多嘶吼着，试图摧毁这两个老对手。

但铁鱼飞船灵活地在空中盘旋，不时发射出一道道激光束，扰乱阿俪嘎多的行动。老烟斗和老铁配合得天衣无缝，用各种方式吸引机械恐龙的注意力。

"哼，两个不自量力的老东西！"梅里博士控制阿俪嘎多积蓄能量，忽然朝天空中怒吼。

"吼——"

巨大的咆哮声中，铁鱼飞船像断线的风筝，摇摇晃晃地坠毁在沙堆后。

第十五幕 结束

第十六幕

瘠岭沉没

"早说过,你们不可能赢我。"梅里博士在阿俪嘎多得意的咆哮声中,看着支离破碎的西多阴险冷笑。

蓦然,驾驶舱的通信器中传来一阵谄媚的声音。

"梅里博士,主发动机拆卸成功,现在正运往'梅菲斯特号'。"

"干得不错,威蜢。"梅里博士志得意满地点了点头,"拿到能量核心后,全军返回'梅菲斯特号'——我可没空和这群废物浪费时间。"

当梅里说完话,阿俪嘎多头上的钻头突然释放出一圈蓝色电磁波，小狩梦人所在的驾驶舱中变得漆黑一片，机器人的轰鸣声戛然而止，像一堆废铁般倒在黄沙里。

"有两下子，居然切断了我们的电源。"罗西虚弱地冷笑。

更让小狩梦人惊愕不已的是，随着阿俪嘎多发出"轰轰"的低吼声，放置在机器人驾驶舱中的能量核心被一股磁力吸引，飞速离开了基座朝阿俪嘎多张大的嘴巴里飞去。

"这下子彻底完蛋了……"老铁看着被阿俪嘎多吞食入腹的能量核心，绝望地呻吟着。

老烟斗怒视着阿俪嘎多朝海水中走去的身影，脸色阴沉，不发一言。

修心如死灰地缩在泥墙角下，脸色惨白地望着双眼紧闭的"破铜"。

"烂铁"在一旁哭泣不止。

忽然，修眉头紧皱地抬起头，看着从天空另一头急速飘来的一大片阴云。

紧接着，瘠岭上空响起一阵干哑的金属断裂声，仿佛是一位年迈老人，发出的悲伤而又无可奈何的痛苦呻吟。

刺耳的警报声随即响起。

"警报——警报——

"瘠岭主发动机失效——系统数据损坏——

"瘠岭将于240分钟后沉没——

"现在开始倒计时：240分——239分——"

"梅里下手了，那个可恶的老匹夫！"

老烟斗怒喝着掏出一颗棒球形状的通信器，一幅幅光影画面立刻投射在了半空中——金属高楼林立的瘠岭船城、雪山环绕的蒙特，以及几乎变成废墟的奸商街……正在震天撼地的"吱呀"巨响声中倾斜，缓缓沉入洋海。

铁皮人、流浪者以及其他幸存的人们，惊恐尖叫着四处逃散。

然而滔天巨浪汹涌而至，将他们轰然卷入海底，恐慌和乌云笼罩了整个瘠岭船城。

"可恶！'金色螺号'队竟然会栽在一个D级梦域碎片！"洛楚·傲蔑夫在急促的倒计时声中，气急败坏地怒骂着，"如果不是你们多管闲事，我们早就完成任务了！"

"你说什么？！"易天爵冲上前一把揪住洛楚·傲蔑夫的衣领，"刚才究竟是谁害西多战败的？！"

"如果为了完成任务，对瘠岭的居民不屑一顾，"柳嘉生气地高声辩驳，"就算你们赢了比赛，我们也不会认为'金色螺号'队有多厉害！"

柳嘉、易天爵和洛楚·傲蔑夫像三只斗鸡，脸红脖子粗地互相瞪视着。

"现在不是争吵的时候。"戚梦萦疲倦地走上前，阻隔在柳嘉、易天爵和"金色螺号"队员之间。

格蕾丝走到洛楚·傲蔑夫的身后，将一只手压在了他的肩膀上："小洛，这次是我们的责任。"

"瘠岭已经没有希望了吗……"玛尔塔望着仍在回响瘠

岭沉没倒计时的阴沉天空，失落地自言自语。

忽然，一个单薄的身影大喊着从他们身旁跑过，站在海水中用激光枪对阿俪嘎多疯狂扫射着。

"混蛋——给我站住！"

"把阿俪和能量核心还给我！把瘠岭还给我！"修声嘶力竭地大喊。

然而，阿俪嘎多完全没有理睬，脚下喷射着红色的火焰，继续在海面上飞行，仿佛岸边响起的不过是一只蚂蚁的咆哮。

罗西冷冷地注视着海面，忽然，他的脸上露出一丝诡谲的坏笑。

"游戏，还没有结束。"

不远处的海面上，突然涌起一团巨浪，一条巨大的机械电鳗甩着长长的身体冲出海水，用力摇晃着镂空的金属头部，吐出了一口黑漆漆的浓"痰"——一颗黑色球状物体从电鳗的嘴里被弹射到了沙滩上，然后骂骂咧咧地从泥沙中站起了身，东张西望。

"可恶，这是哪儿?!"

"夜行者?!"小狩梦人看着在海风中颤抖的黑长袍，异口同声地惊呼。

修一脸颓丧和迷茫地转过身。

老铁和"烂铁"跟在老烟斗身边，迟疑地往前走。

"嚯，又来一个不错的收藏品。"

"是你们?!"夜行者惊讶地看着小狩梦人,发出尴尬的"嘎嘎"怪笑。

"我早就知道你们在这里,所以特地赶过来——等、等等!"他竖起耳朵,警惕地听着空中回响着的倒计时声,恼怒地破口大骂,"又把梦域碎片搞到变异了?!瘠岭即将沉没?真是一群小灾星!"

"夜行者!"柳嘉突然震惊地睁大了眼睛,指着夜行者手中一个魔方大小的金属盒,"你怎么会有能量核心?!"

"啊,你是说这玩意?"夜行者不以为意地抛接了几下金属盒,指了指浮在海面上的机械电鳗,"是在这家伙肚子里找到的,我好不容易拔了下来,它才变得安静。"

小狩梦人互相交换了一个眼神,默契地转身朝各自的机器人跑去。

咔哒哒哒哒哒……

夜行者一脸迷茫地打量着小狩梦人的背影。

"看在你还有点用的分上,这次不跟你计较。"罗西坏笑着从夜行者手中拿过能量核心,"不过,你要将功赎罪。"

"231分……230分……"

"威蜢,抓紧时间运送发动机。"梅里博士坐在阿俪嘎多的驾驶舱内,对着通信器不断地催促,倒计时警报在空洞地回响,"瘠岭一旦沉没,梅菲斯特号也会被波及。我可没兴趣和这批垃圾在海底做邻居。"

通信器里传来"威蜢将军"妥帖的应答声。

突如其来地,一阵异响声越来越近,让梅里博士紧紧皱起了眉头。他指挥阿俪嘎多转过身,愕然地发现西多竟重新合体,正踩踏着海面上厚厚的冰层,飞快地朝他追赶了过来。

"一群小蝼蚁而已,以为还有翻身的机会?"梅里博士阴森森地冷哼笑着怒吼,"发射'末世激光炮'——给他们最后一击,将他们彻底毁灭!"

阿俪嘎多在水面上狂暴地拍打着粗壮的机械前爪,它张大的嘴变形成了一个能塞进半间教室的钢铁炮管,炮管内飞速旋转的涡轮正酝酿着一大团光芒刺眼的绿色激光。

"各位!我已经通过超感连接,将作战计划同步。"戚梦萦在西多头部的驾驶舱中高声说道,她望着前方如一座巨型炮台般的阿俪嘎多,沉着而坚定地压低了声音,"只有团结,才能胜利。这是我们最后的机会——拜托大家了,请听我指挥。"

"遵命,长官。"柳嘉紧张、激动地竖起了大拇指,感觉心都快要跳出胸口了。

易天爵斗志昂扬地龇着虎牙:"我可不会随便听别人的话。不过,指挥官例外。"

"耍猴的……"罗西深以为然地冷哼,"凑巧,这次我想的和你一样。"

"为了'金色螺号'队的荣耀。"格蕾丝冷傲地哼了一声,冷静地指示,"执行统一作战计划。"

洛楚·傲蔑夫和玛尔塔毫不犹豫地应答。

阿俪嘎多炮管化的大嘴里,涡轮的轰鸣声越来越急促刺耳。

忽然间，一团足有卡车大小的激光炮弹，在一阵震耳欲聋的炸裂声中冲出了阿俪嘎多的大嘴，朝西多飞速射来。

"干掉他们！"梅里博士激动地抓紧座椅扶手，怒声狂吼。

"坚持住——等待最佳时机！"

西多仍然继续向前奔跑着，戚梦紫死死地盯着迎面而来的巨型激光炮弹，额头上渗出涔涔冷汗。

蓦然，她高声下令："执行作战计划——伏地反击！"

她的话音未落，小狩梦人极其默契地操控西多飞速下蹲，"末世激光炮"闪着刺眼的光，呼啸着擦过西多的头顶，落在他们身后的海水里，在一个穿云裂石的爆炸声中，海水竟被炸出一个巨大的漩涡，将周围海面上漂浮的冰块和沉入海水中的残破金属、机械，纷纷卷入深海里。

眼看所处的冰块即将被卷进漩涡，西多飞快站起身，敏捷地在冰层间跳跃，高举起手中的激光大剑，朝阿俪嘎多冲了过去。

"可恶的小鬼——给我打碎他们！"梅里博士气急败坏地从座位上站了起来，怒声大喊。

阿俪嘎多狂躁地嘶吼着，接连不断地朝西多发射没有酝酿成形的绿色激光炮。

"攻击——迎战！"戚梦紫沉着地指挥。

"十字剑盾！"罗西和洛楚·傲蔑夫齐声高呼。

西多在奔跑中将双臂交叠，护住了胸口和头部，抵挡住了阿俪嘎多的激光攻击。

当它奔跑到阿俪嘎多不远处，柳嘉和易天爵操控西多高高跳起，格蕾丝和玛尔塔则趁机帮助西多扭转身体，罗西和洛楚·傲蔑夫以迅雷不及掩耳之势，将阿俪嘎多头顶上的钻头击碎，并用力挥砍了下来，砸到了海水中。

"电磁波发射器已破坏。"罗西得意地冷哼，"它现在不能乱吃东西，也干扰不到西多的电路了。"

"臭小鬼……"梅里博士愤怒得浑身发抖。

阿俪嘎多厉声吼叫着，突然用力甩动身后巨大的尾巴朝西多的头部攻击过去。

然而一条黑色的"机械尾巴"神不知鬼不觉地从西多的身体后方伸出，在半空中将阿俪嘎多的尾巴阻挡下来，互相角力。

"可恶的小狼狗！"夜行者郁闷地坐在机械电鳗镂空的头部，衔接在西多的身后，"居然让我堂堂夜行者吊车尾，以后再跟你算总账！"

两条"机械尾巴"在空中相交，尖锐的金属摩擦声震耳欲聋，周围的海水被激起了数米高的浪花，漫天的水雾中闪烁着两只巨兽发出的电弧。

柳嘉和易天爵用尽全力操控西多，多次闪避阿俪嘎多的攻击。

此时，洛楚·傲蔑夫突然眼睛一亮，对罗西低声道："有个想法，但需要你的配合。"

罗西点点头，不假思索地跟上。

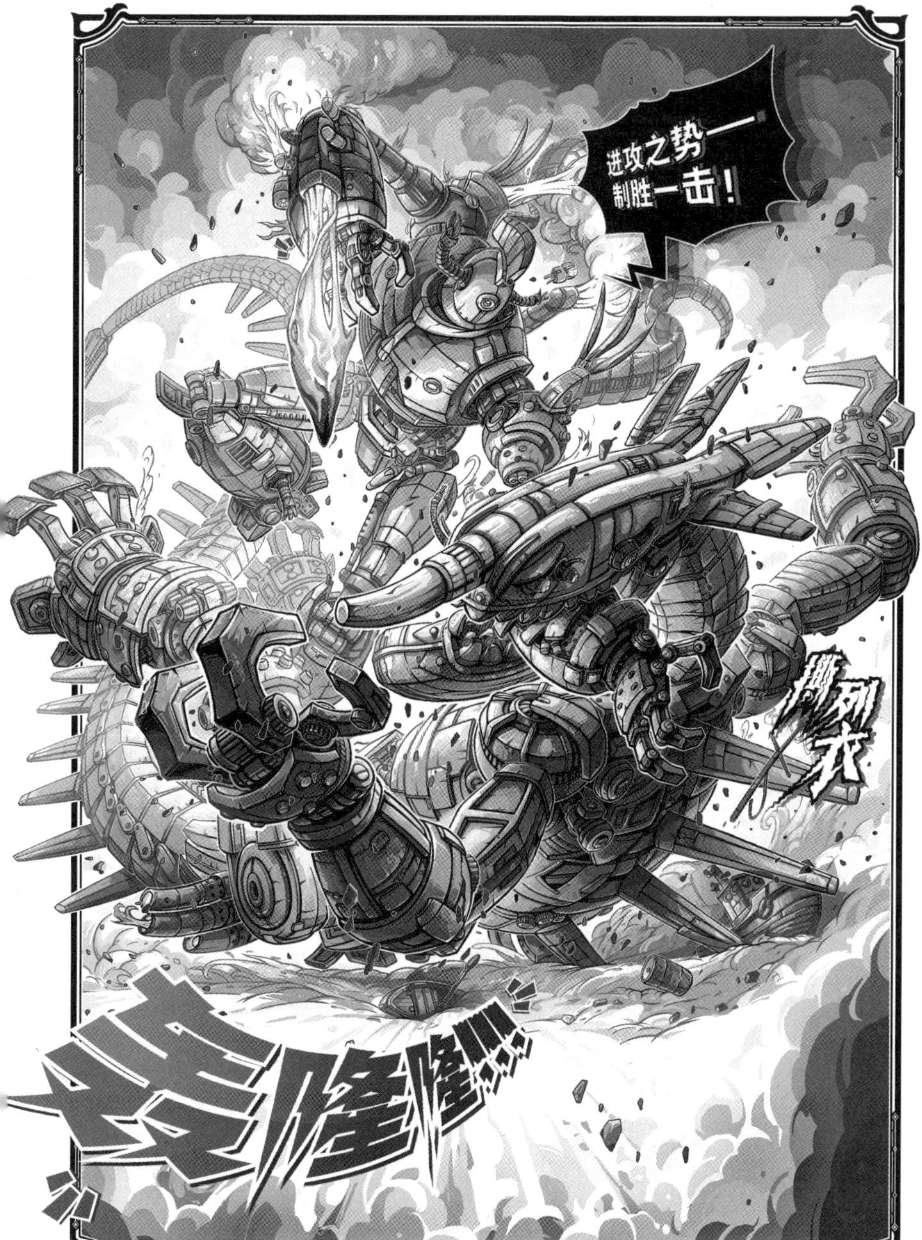
进攻之势——
制胜一击！
轰隆隆……

他们操纵西多的双臂，又快又准地向阿俪嘎多的胸部发起攻击。它的金属外壳开始留下一道道的凹痕，每一次攻击都伴随着明亮的火花。

梅里博士紧紧盯着面前的屏幕，冷汗滴滴流下："这群小子，居然还有后手！"

混乱中，格蕾丝和玛尔塔暗中打开胸前的一个发射口，朝阿俪嘎多的腹部发射鱼雷。当鱼雷爆炸，大量的水泡涌上，使得阿俪嘎多短暂地失去平衡。夜行者看到这一幕，不禁咧嘴笑道："这么多戏码，我是走错片场了吧！"

夜行者一边说着，一边操纵机械电鳗，用力挣脱阿俪嘎多的铁尾，转变方向，朝它的驾驶舱甩了过去。梅里博士措手不及地看着面前的玻璃被机械电鳗击碎，四处扭动搜寻之后，电鳗将放置在操控台上的两块能量核心卷了起来，带出了驾驶舱。

"啊哈！我找到了！"夜行者高声欢呼。

"可恶！"梅里博士追赶到破碎的驾驶舱窗边，怒不可遏地狂吼，"把能量核心夺回来！不计一切代价！"

第十六幕 结束

> 瘠岭的命运已无法扭转……

ACT 17

第十七幕

希望之花

"很遗憾，梅里博士，你已经没有机会了。"戚梦萦微笑着自信地回答。

西多纵身跃起，半空中一道巨大的阴影遮盖住了阿俪嘎多驾驶舱中所有的自然光线。

梅里博士和阿俪嘎多在巨大的阴影中抬起头，只见西多在半空中潇洒地转体，翻身骑在了机械怪兽阿俪嘎多的背上，机械双臂死死地抱住了它的后背。

阿俪嘎多仰头嘶吼，奋力挣扎。罗西和洛楚·傲蔻夫趁机合力将激光大剑深深刺入了阿俪嘎多胸前燃烧着熊熊黑焰

的动力反应炉里。

"开启机甲能源超载。"戚梦萦冷静指挥,七个小狩梦人动作整齐划一地飞快敲击操控盘上的按钮。

"倒计时——"戚梦萦目光凛冽地低语,"3、2、1——救生舱,弹射!"

接连不断的闷响声中,小狩梦人纷纷从各自的驾驶舱中弹射而出。

"护盾术!"戚梦萦在空中高声呼喊,三颗火红透明的蛋形光盾,瞬间笼罩住了她和罗西、易天爵。

"朦胧术!"柳嘉的皮肤上喷薄出一团黑雾,与"金色螺号"队成员一起隐匿进入黑雾,在空中消失不见。

"你们这群死孩子!"夜行者气急败坏地抬头看看小狩梦人,"竟然不管我!"他赶紧驱使着机械电鳗,用力钻进了海水里。

"不……不应该是这样的结果!"

在梅里博士惊恐而愤怒的咆哮声中,西多轰然爆炸,空气中炸裂成一个巨大的蓝色光球。

霎时间,海面上蓝色的火光让人无法睁开双眼,剧烈的爆炸声震耳欲聋,无数破碎的铁皮、机械零件如下雨般随着爆炸四处横飞,降落到了临近的海面上。

爆炸持续了整整一刻钟。

当轰鸣声、光亮以及浓烟渐渐退去,小狩梦人站在机械电鳗背上,从护盾术和朦胧术中现身。

"直接命中……"柳嘉看着被炸得只剩下一堆零零散散的破铁片的机械怪兽,惊喜地大声高呼,"阿俪嘎多和梅里博士被我们打败了!"

"干得漂亮!"洛楚·傲蔑夫激动地欢呼。

易天爵得意地笑着咧起了嘴。

"切!"玛尔塔开心地甜笑起来。

正在这时,海面上咕噜噜地冒起一连串气泡,夜行者突然从海水中蹿出,旁边还揪着愤怒挣扎着的梅里博士。

"这家伙想逃跑,可惜运气不好,遇见了我夜行者!"

"梅里博士……"易天爵死死地捏着拳头低吼,"这一次轮到你来当我们的俘虏了。"

"你们别高兴得太早!"梅里博士阴沉地瞪视着众人,身上的长袍湿漉漉地贴在身上,看上去像发霉的海藻,"虽然你们打败了阿俪嘎多,但是却扭转不了瘠岭沉没的命运。到头来,我们谁都没有赢。"他说着,扭转了一下手指上那枚毒蛇造型的戒指,半空中出现了瘠岭的影像——

形如一列巨型船队的瘠岭城,此刻"船尾"已经没入洋海,而"船头"处则向上翘起。瘠岭市区从中央断裂成了两半。

此时,影像的画面飞快放大并被分割成三块:流浪者们被洪水追赶,哭喊着爬上了雪山坡顶;市区的金属高楼则接连不断地轰然倒塌;铁皮人在海水中挣扎、沉没,或是被断裂的高楼压成破碎的铁块。

"2小时58分……2小时57分……2小时56分……"

瘠岭的沉没倒计时声变得越发刺耳。

所有人的神情凝重而严肃。

"这一次他说的没有错。"格蕾丝冷冷地说,"瘠岭主发动机组的科技含量为 A+,想要在这么短的时间内修好,的确不容易。"

"那可未必。"罗西不以为然地翘起嘴角,"这只不过是一个解谜游戏。"

几分钟后,所有人乘坐机械电鳗和快艇,用最快的速度赶到了瘠岭主发动机房——巨型白色风车下方的球形金属舱里。

当推开舱门的一刹那,柳嘉便惊呆了。

这是一个十几米高的宽大金属舱室,里面有成千上万个型号、大小各异的锈迹斑斑的金属齿轮,从地面一直堆叠到天花板,只留出了几条窄小的过道。让他们意外的是,被拆卸下来的主发动机组,竟然没有被运走,而是被胡乱地遗弃在挂满仪表盘的墙壁下方,旁边还散乱地扔着各式工具和铁皮箱子。

"看来,拆卸发动机的那伙铁皮人发现情况不妙,已经逃跑了。"洛楚·傲蔑夫环绕黄色标记的铁皮工具箱检查了一下,发出一声轻蔑的冷哼。

玛尔塔从杂乱衔接的履带上跳过,激起一阵灰尘。

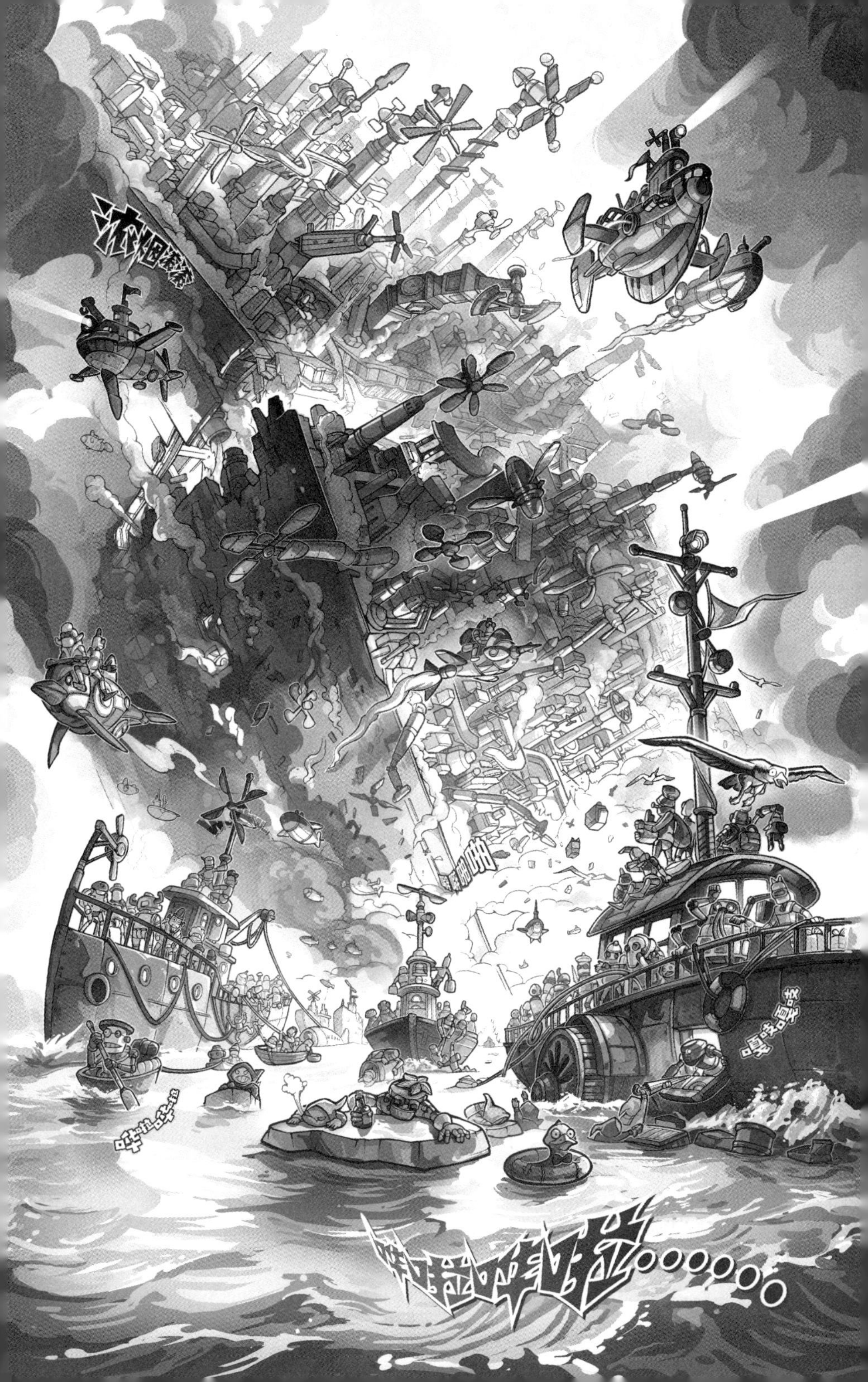

柳嘉赶紧捂住鼻孔，回头时却意外发现卡车大小的主发动机里居然幽幽地透出一缕蓝色的荧光！

"咦……"戚梦萦也敏锐地察觉到了。

"这块铁疙瘩很不错，用来做修理'戏猴号'的材料绰绰有余。"易天爵鄙夷地摸了一下主发动机的表面，厚厚的积尘足有课本那么厚。

"耍猴的，这可不是块废铁。"罗西眼睛闪闪发亮，敲了敲发动机外壳。

他一边说着，一边和易天爵窃窃私语，然后使用手边的工具迅速把外壳拆卸下来。暗淡的蓝光变得越来越明亮。

这一次，小狩梦人都清晰地看到了一颗悬浮在发动机内不断旋转的蓝色光球。

光球大约猕猴桃大小。透明的球体里，一股深蓝色的能量犹如潮汐起伏般左右摆动着，散发出一种无法描述的律动之美……

"果然如此……"罗西轻轻取出蓝色光球。一朵幼小的花蕊，从潮汐中缓缓伸出、发芽、生长……绽放，然后逐渐枯萎。

柳嘉被花蕊的静谧所吸引，不自觉地凑近仔细观察，赫然发现小小的花蕊之中，蜷缩着一串旋转的楔形数字！蓝色光球在罗西手心微微震荡，涟漪不断。

几秒后，数字消失了。

柳嘉震惊地望向罗西。罗西若无其事地撇过头去。

其他人同样好奇地走上前来。

"梦魇噬魂珠。"格蕾丝说出了戚梦萦心中猜想的答案。

小狩梦人欣喜而又小心翼翼地观察着花朵，大家的脸上露出如释重负般的笑容。

"蓝色噬魂珠？怎么里面还有朵花？"易天爵好奇地问。

"梦中梦魇……不过还好，梦种凋零了。"格蕾丝神秘莫测地笑了一下，接着对易天爵、罗西和柳嘉露出了初见时的冷酷面容，"这次是我们幸运，如果梦魇被启动，被卷入的狩梦人意识就会陷入时间乱流里，再也走不出来了……"

格蕾丝说完，神情严肃地望着玛尔塔和洛楚·傲蔑夫。

"格格，知道了。"

"格格，以后我都听你的。"

玛尔塔和洛楚·傲蔑夫两人赶紧点头称是。

"把噬魂珠收起来吧……"戚梦萦冷静地说。

"我想给它起个名字。"柳嘉的视线黏着枯萎的花蕊，一刻也不想离开，这颗熄灭的梦种让他感到一股神秘的力量，仿佛身上的疲倦和心里所有的难过情绪都被一扫而光，"叫'洋海之心'怎么样？"

"还不如叫'瘠岭之灾'呢！"洛楚·傲蔑夫摇了摇头，不太赞同。

"唔，应该叫'铁皮之魂'！"易天爵蹙着眉提议。

"干活了。"罗西冷冷地扫视了三人一眼，高高卷起袖子做出准备大干一场的姿态，"有'玻璃之珠'在这，修复发动

机不是问题,也就略微耗费点时间而已。"

"喊,死鱼眼起的名字真难听!"

"我还是觉得'洋海之心'更好!"

"噬魂珠意味着灾难!"

小狩梦人一边吵闹着,一边协商分头行动。

罗西调试着发动机引擎程序代码,为每一处损毁的动力系统重新编码。戚梦紫紧张地扫描和分析损毁的数据及情况。洛楚·傲蔑夫协助罗西将损毁处一一修理,额头上渗出豆大的汗珠。易天爵、柳嘉拿着一长串清单,在备用工具箱中翻找着零件和工具……

舱室外的甲板上,乌云漫卷着细雨斜飞。

小狩梦人精疲力竭地从发动机房里走了出来。

格蕾丝和玛尔塔正在劝说失魂落魄的梅里博士。

"梅里博士,给你吞下的是清醒药剂……"

"堕落筑梦师?什、什么意思……"梅里博士的神情癫狂极了。

格蕾丝冷漠地将一个金锚徽章握在掌心,感慨地说:"四年前,我在密林堡基地见过你,那时你很酷。现在,你不再是你。野心被欲望所吞噬,神志被梦魇能量撕碎了……"

柳嘉讶然地张了张嘴……难道梅里是"金色螺号"队要挽救的受害人?

"臭小鬼们……"梅里博士虚弱地躺在甲板上,双眼空

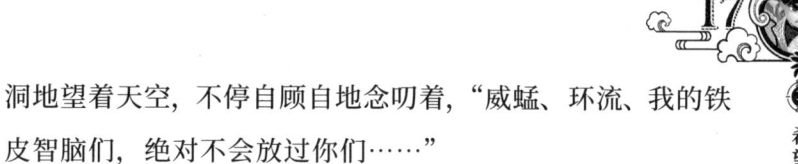

洞地望着天空，不停自顾自地念叨着，"威蜢、环流、我的铁皮智脑们，绝对不会放过你们……"

"梦醒了，梅里博士。"

格蕾丝将金锚徽章放在了梅里的额头上。

梅里博士冷冷地注视着天空，固执的眼中没有任何情绪，对格蕾丝的话完全不放在心上。

这时，梅里博士衣领上的通信器，响起来一个模糊的电磁声："博士，我是威蜢。这是我的留言。据炉渣灰侦测，瘠岭最强机器嘎多已经被流浪者们打败了……我和铁鱼飞船队不得不先躲起来，保存实力……等您击败流浪者……我再来找您。通信器没电了……喂喂……博士……喂……"

"威蜢将军"的声音消失了。

"哈哈，这的确很有'威蜢将军'的处事风格。"洛楚·傲蔑夫冷嘲热讽地耸了耸肩膀。

"威蜢、炉渣灰……"梅里博士气得浑身发抖，低声怒骂着，"真是一群废物！"

"先解除警报，安抚瘠岭民众。"

戚梦萦打开舱室外的安全阀，解除了倒计时警报。

"不过是掩耳盗铃之举——"梅里博士挣扎着爬起来，被玛尔塔死死按住手臂，仍然歇斯底里地嘲讽着，"瘠岭已经下沉了一大半，现在只有重启发动机，才有一线生机。但这组发动机已经报废很多年了，修理一直未见成效。时间不多了。靠你们几个小鬼，根本不可能——"

梅里博士的咒骂还没有结束，发动机组竟像咳嗽般断断续续地响起了启动的轰鸣声。

梅里博士无法置信地睁大幽绿的眼睛。

"对于笨蛋来说，的确是这样。"罗西悠闲地吹着口哨走出舱室，"要修好并不难，不过是识别程序安装错了芯片，导致动力系统运转不畅。这种情况……自然越修越糟糕。只需要重新安装启动就可以了。"

"因为无法修好这个发动机，我耗费了十几年时间，来谋划'梅菲斯特号'……"梅里博士的声音和身体因为懊恼和愤怒而剧烈颤抖，"这群小鬼竟然轻而易举就能做到！"

"自古英雄出少年，不是吗？"夜行者提着大包小包的修船材料，来到梅里博士身边，乐悠悠地说。

时间在一点一滴地过去。

而此时，在黑潮海滩上，修神情落寞而又充满期待地站在海水边，远远地眺望着仍在浓厚阴云之下静默着的白色风车。

老烟斗、老铁和"烂铁"站在他身后的不远处，沉重地叹息着。

半空中的光影屏幕里，瘠岭已经沉没了大半。

海水正疯狂地倒灌进城区，无数铁皮人被浸泡在海水中，失去了动力。幸存的铁皮人和流浪者们惊恐万状地哭喊奔逃着，或是绝望地祈祷。

老铁不忍心地将头扭向一边，悲伤而又沉痛地眺望着远方的瘠岭。

"我们忍辱负重地保护能量核心这么多年，现在把拯救瘠岭的重担压在几个孩子的肩膀上，究竟是幸运还是不幸？"

"人生就是一场豪赌，越在意结果越容易输。"老烟斗双手插在裤兜里，迎着风坦然自若地喃喃自语，"最重要的是过程酣畅淋漓，其余的，就交给天意吧。"

"烂铁"紧张而又害怕地紧紧地握着"破铜"的眼镜，通红的双眼溢满了泪水。

修沉默不语地静静等待着。

忽然间，他感觉一阵清风像鸟的羽毛，轻轻地划过了脸庞。修惊讶地睁大眼睛，乌黑的瞳孔渐渐地放大，表情沉重的脸上展露出一个欣喜万分的笑容。

"看！快看！"修指着白色的风车大喊起来，"风车转动起来了！瘠岭有救了！"

老烟斗和老铁愣了愣，飞快地往前走了几步，睁大双眼眺望着远方。

此时，乌云被风吹皱，仿若海面上汹涌的浪花，层层叠叠间透出一片片金灿灿的阳光。就在如油画般壮美的天空之下，雏菊般的白色风车的六片金属叶片，开始随风缓缓地转动，并且越来越快。

没过多久，风车的中央亮起了一圈刺眼夺目的蓝色电光。围绕在风车周围的巨型钢铁支架顶端红光闪烁。

一阵沉稳而嘹亮的机器轰鸣声，仿佛生命的序曲，远远地随风传来。

"成功了！他们成功了！"

老烟斗和老铁互相搭着肩膀，像两个大孩子般高声欢呼、叫喊。

"烂铁"兴奋地在一旁又叫又跳。

修泪流满面地捂着随风飘散的乱发，激动地放声歌唱。

另一边，在飞快旋转着的白色风车之下，神色疲倦的狩梦人们抬头仰望着天穹，相互交换着欣悦而激动的目光。

梅里博士在一旁又气又恼地瑟瑟发抖。

夜行者则先行一步去收集完成此次梦域碎片任务的材料去了。

格蕾丝走上前，将一个通信器扔到了戚梦萦的手中。

"拯救瘠岭，是你的主意。现在，有始有终，好好鼓舞一下所有人。"格蕾丝冷傲地竖起大拇指，"不得不说，绝佳洗衣液，不容小觑。"

"唬——"洛楚·傲蔑夫不服气地龇起了牙。

"嘿嘿。"玛尔塔甜甜地微笑起来。

"没兴趣听煽情演讲。"罗西朝同伴们挥了挥手，"我到处转转，你们别跟过来。"

"喊，死鱼眼就知道装模作样。"易天爵不以为然地撇撇嘴，叉着腰，神情自豪而又骄傲，"烦人精，好好说道说道！"

戚梦紫点点头，望向了柳嘉。

柳嘉鼓励地微笑着点了点头："大家需要一个机会，重新开始生活。"

戚梦紫深吸一口气，握紧通信器。她转过身，远眺着疮痍满目的瘠岭，长发在风中轻盈飞舞，声音清澈而又嘹亮。

"瘠岭的居民，你们好。我是恶棍角斗场的角斗士——火焰女孩。"戚梦紫的声音在瘠岭的上空回响，"梅里博士为了一己之私，破坏了船城的主发动机组，导致瘠岭下沉，引发了巨大灾难。目前，发动机已经修复。梅里博士的罪行将交由瘠岭市民来做最终审判。"

她深吸一口气，明亮的双眼清透而又坚定："此心安处是吾乡。请大家不要放弃希望，为了自己、家人和同伴，尽快恢复秩序，齐心协力建设好属于你们的'蓝色大陆'，新的船城。"

惊魂未定的铁皮人和流浪者们，纷纷转头看向声音传来的方向——旋转的白色风车。

绝望的面孔被穿透乌云的夕阳照亮，闪耀起坚强的意志之光。

老烟斗和老铁静静地听着戚梦萦的讲话，脸上露出欣慰而又充满了期待的笑容。"烂铁"紧紧地握住"破铜"的眼镜，闪烁着泪光的双眼，目光变得坚定。

修远眺海平线上那一朵火红的夕阳，紧紧地握住了手心中一枚从阿俪额头上掉落的小红灯。

"阿俪，我答应你，会在这里好好生活下去。瘠岭，就是我们的蓝色大陆。"

清脆的海鸟啼鸣声中，白色风车逆着夕阳转动。

叶片发出嗡嗡的回响，仿佛一朵在歌咏生命的希望之花。

尾声

明媚的阳光照耀在蒙特流浪者之家的院墙草地上。

柳嘉穿着一件灰扑扑的工作服，靠着院墙伸了一个大大的懒腰。

连续三周陪罗西熬夜研究阿俪嘎多的残骸，绘制全新的能量核心运行线路图纸，令柳嘉对自己的科学天赋完全失去了信心，同时也放弃了治疗。

不远处，易天爵和玛尔塔、洛楚·傲蔑夫正在进行"角斗士摔跤大会"。老烟斗、"烂铁"，以及不少角斗士、流浪者和铁皮人在一旁下注围观。

柳嘉看向不远处，铁镐先生正在给修画像。

修剪了一个略显精神的短发，最近的他显得老练沉稳了许多，和老铁一起组织了一个"重建瘠岭·阿俪＆修孤儿互助会"。据悉，修在短时间内帮助修复了不少灾后残疾铁皮人孤儿。

今天是休假日，于是修来看望柳嘉、"烂铁"和几个小狩梦人。刚好铁镐先生有空，顺便答应修绘制一幅和人物主题相关的画。与历任流浪者老大酷爱画遗像不同的是，修请铁镐先生画的是一幅全家福。

一座小木屋安静地矗立在山岗上，门前开满了摇曳的白色马蹄莲。阿俪和小明在花丛中翩翩起舞。厨房炉火正旺，馅饼喷着香气。修卖力地弹奏着六弦琴。"破铜"在沙发上睡着了。

啊，假如生活欺骗了你，朋友，请不要为此悲伤。

"烂铁"走过来，对柳嘉郁闷地说："那画像里没有我。"

柳嘉拍了拍"烂铁"的肩膀，悄悄地问："今天捡了多少垃圾？找到炉渣灰那家伙了吗？可以再借我几个金螺贝去下赌注吗？"

"烂铁"撇了撇嘴说："我正准备去呢，没钱了，口袋里叮当响。"

"柳嘉，告诉罗西，我们该走了。"

"小洛、玛尔塔，我们该走了。"

尾声

戚梦萦和格蕾丝一前一后走了过来，不约而同地说。

她们尴尬地互相看了一眼。

戚梦萦先开口道："夜行者说，本次任务结束时间快到了，小木船也修理完毕。"

格蕾丝接着说："'金色螺号'队与'绝佳洗衣液'队的胜负也该揭晓了。"

正在摔跤比赛中的易天爵和玛尔塔、洛楚·傲蔑夫的目光，在空气中撞击出一丛电火花。

大家不约而同地点开了乾坤手环。

一段伴有激昂音乐的魔法影像，随之投射在小狩梦人的面前……当音乐结束时，"幼狮排行榜"如画卷一般展现了出来。

……

戚梦萦微笑着朝柳嘉点了点头,柳嘉随之会心一笑。

召回伙伴后,格蕾丝朝戚梦萦伸出手:"以后,'金螺色号'会更加努力。希望未来仍有机会和你们较量。我们既是对手,也是朋友。"

阳光下,戚梦萦和格蕾丝紧紧地握住了手。

豪华的起居室里,一个银发老人靠在沙发上小憩。窗外绿意盎然,屋内壁炉里却发出篝火燃烧的"噼啪"声。

熊熊火焰像狂野的吉卜赛女郎,极力妖娆地舞动着。

忽然,火光冲天,蹿出壁炉的火舌照亮了老人阴沉的脸。

"莫莉塔的御虎吞狼计划失败了?"

老人慵懒地睁开眼,不悦地瞥了一眼壁炉内,令人震惊的是——壁炉内居然蹿出三副熊熊燃烧的扭曲的人类面孔!

"黑凰先生,莫莉塔女士托我向您致以问候和歉意。"

火焰中,最中间的丑陋男开口说话,他有着高高的颧骨和幽深的眼窝,满脸脓包看上去像是一个麻风病人。

"哼,事情办砸了,她没脸来见您了。"左边的刻薄女人不无讥讽地嘲笑说,看见老人严厉的表情后,即刻闭住了嘴。

银发老人跷起一条腿,手指在沙发扶手上敲击着。

"铁皮人'怪医博士'?隐藏难度的刀锋杀手?禁闭狩梦人技能的利莫里亚圣地……莫莉塔在搞什么鬼?"

黑凰先生悠悠地说着,叫人分不清他的明确态度。

"全是浮华的梦境泡沫——我早就提醒过,那些孩子非比寻常，而我委托的猎人却总是一次次令我失望。难道说，你们的灵魂只配躺在冷冰冰的聚魂棺里吗？"

银发老人的声音忽而高耸，忽而低沉，充满戏剧性。

他的手里不知何时多了一张照片，里面是一朵摇曳的马蹄莲。

银发老人愠怒地将照片狠狠地甩进了壁炉里，照片在篝火中卷了起来，迅速变得焦黄乌黑，然后化成了一缕青烟。

火焰中的三个人形都害怕地沉默着低下了头。

"二代狩梦人还在成长。幼苗必须扼杀在摇篮中。"银发老人收敛怒容，沉吟着说，"疤面虎、噬心女……你们和莫莉塔是黑色甲板最凶狠的筑梦师……"

"孩子们太小，单纯善良，弱点很少，难以诱惑。"壁炉右边的丑陋男——疤面虎火焰人形目光闪烁地说，耷拉的眼角令人生厌。

"想想办法！天真的堡垒戒备森严，但专家总是可以攻破，不是吗？"银发老人面无表情地看了看左边的刻薄女人一眼，"恐惧是一味良药，不如让他们堕入哈哈螺丝，尝试被无数种昆虫吞噬折磨的乐趣……"

"黑色甲板，遵您之所愿，昆虫之魂灵盛宴即将装载。"

三个火焰人形朝银发老人恭敬地点点头，从屏幕中消失了。银发老人目光逐渐迷离，仿佛置身于过去与现在的交汇点。

回忆涌入心头，那是一群孩童在荒野嬉戏的模样，其中一个小男孩明亮的眼神特别引人注目……在回忆与恐惧的交织中，老人的脊背逐渐弯曲，犹如猎食的猛禽。原本银白的发丝逐渐失去光泽，变得幽深如夜空下的鸦羽，凄冷且锋利。他的皮肤逐渐褪去了血色，呈现出一种奇异的乌黑，与此同时，眼眸中的金色瞳孔，仿佛两团燃烧着的小小火焰。

衣物也在随着他的转变而改变。

原本华贵的长袍逐渐化为乌黑的羽毛，紧紧包裹在他的身体上，给人一种沉重的压迫感。背后，一对巨大的黑色羽翼缓缓展开，每一片羽毛都似乎散发着危险的光泽，仿佛随时都会划破夜空，带来毁灭。

壁炉中的篝火仍在安静燃烧，一切如常。

黑凰先生站起身，踱步到窗前。

几分钟前还绿意盎然的窗外，此刻居然下起遮天黑雪。

黑凰先生的嘴角噙起一抹诡笑，他将左手缓缓伸出窗户，手指到手臂渐渐黑化……黑色雪花居然冻结住了他的手掌，手掌连带半截手臂齐肘坠落在窗台上，被摔得粉碎。黑色的粉末撒落一地。

"很好，去昆虫世界感受这份黑色的清凉吧，我的孩子们！"

"尽情享受当下的平静时光。很快地，你们将失去所拥有的一切——"

黑凰先生咬牙切齿地说。

尾声

狩梦奇航 8
决战机甲王
落幕

敬请期待第9册

狩梦奇航 第9册 预告

下集精彩故事

名为"哈哈螺丝"的昆虫种族？

灾厄降临，瘟疫笼罩，蝴蝶效应下的小狩梦人……

狩梦小队，全军覆没？

蟆虫吞噬脑细胞——威梦紫再度黑化？

智慧、勇气、意志！ 梦中织梦，全境升级！

出发！ 狩梦小队

狩梦奇航9
遗忘岛的蝴蝶效应

生如蝼蚁，当立鸿鹄之志……

狩梦奇航特别企划

本期栏目邀请到作者前来助阵!
让我们一起来跟随画面开始"梦境旅程"

这群小孩"不太冷静"

SHOUMENG·8

划重点:《狩梦奇航》未公开栏目企划

☆☆☆	艺术画廊	☆☆	梦之问答	☆☆	写出你的梦境	☆☆☆
☆☆☆☆	读者角色剧场	☆☆☆	我是导演	☆☆☆☆☆	设计大赛	☆☆☆☆☆

关于作者的
提问！回答！

来自热心小读者
[二十三个问题]
创作、生活、情感、其他……

作家郭妮，从大学时期开始写作。
春去秋来，斗转星移……
恍如一梦，至今已近二十五年。

喜欢阅读、散步、音乐、沉思。
家中收养了一条狗、四只猫。
珍藏了很多过去读者的信。

❶**小读者罗莉：** 为什么你会选择梦境作为你的小说主题？

答： 因为人生如梦，理论上，努力就会有无限可能。而在梦中，我们可以放大努力的效率，做到现实生活中无法做到的事情。可以很快地去任何我们想去的地方，遇到我们想见的人。

❷**小读者梦琪：** 你是怎么想到《狩梦奇航》这个名字的？

答： 这个名字寓意在梦中的冒险之旅。我想静下心来描写一段特别的旅程，带着小读者们一起在一个神奇的世界闯荡，开阔眼界，学习知识，收获友谊！

❸**小读者雷森：** 为什么你的小说中总是有那么多的冒险？

答： 冒险会给故事中的孩子们带来紧张和期待感，同时，冒险也是成长的机会，孩子们在冒险中了解自我，获得力量，解决问题，这是我喜欢在故事中加入冒险元素的初衷。

❹**小读者鹿艺：** 郭妮老师，听说您最近在签售和讲座，都去了哪些地方呢？

答： 我最近去了杭州、舟山、广州、嘉兴和安徽等地，和小读者们见面。同学们都非常聪明活泼，每次活动都让我收获满满。天气很好，路上遇到的每一个人，都非常可爱！

❺**小读者乐之：** 郭妮姐姐，你去过我的学校，那天我忘记问你，你喜欢我们学校吗？我是坐在第二排的男生！

答： 我记得那天在你们学校的讲座，非常享受和大家交流的过程。学校里充满了活力和欢笑，学习氛围特别好。

❻**小读者雷欧：** 我听说您去了中国航天日的纪念活动，那个活动是关于什么的呢？

答： 是的，不久前我很荣幸参加了在安徽召开的第八个中国航天日的纪念活动。我为过去二十年中国航天事业取得的辉煌成就感到震撼。

❼**小读者星星：** 郭妮姐姐，听说你成为中国探月航天"青少年阅读推广大使"，你会做些什么工作呢？

答： 这是个非常荣幸的工作。作为"青少年阅读推广大使"，我将抽出时间在儿童青少年群体中推广航天科普知识，让更多的孩子热爱科学，树立远大理想和凌云壮志。

❽**小读者陈轩：** 姐姐，你在写小说的时候，最大的挑战是什么？

答： 应该是专注。写作需要保持故事的连贯性和引人入胜。我需要确保每一个情节、每一个角色，都能为推动故事的发展做出贡献。

❾**小读者贝贝：** 请问您是如何找到自己的小说风格的？我也很喜欢写作！

答： 日积月累和不断尝试形成的。写作的要义是我手写我心，清晰的逻辑、简洁的文字，充满想象力的情节，故事层层解谜，阅读起来会特别愉悦。

⑩**小读者伊丽莎：** 姐姐您写这本书最有趣的地方是什么？

答： 我认为最有趣的部分是创造梦境的过程。在这个过程中，我可以尽情释放想象力，创造出有趣的场景和情节。

⑪**小读者艾林：** 姐姐，我写作文时，遇到困难该怎么办？

答： 遇到写作困难时，可以尝试看看别人是怎么写的，寻找灵感。有时候，我会暂时停笔，做些其他事情来放松自己的思维和情绪，然后再回来继续写作。如果你是说考试时，那我建议你保持专注，祝你好运！

⑫**小读者冯君妍：** 你会向想要成为作家的六年级小学生提供什么建议？

答： 我的建议是，多读多写，熟能生巧。每一个挫折都是成长的阶梯。

⑬**小读者莫颜：**《狩梦奇航》这套书有多少册？是有生之年系列吗？

答： 流汗！这个问题好难。我想，当故事的主题得到了充分展现，角色成长到一定阶段，而所有情节线都有了明确的结尾，那就是这个故事完成的时候。

⑭**小读者李文晖：** 你在写作时也听音乐吗？你最喜欢哪个音乐人？

答： 是的，我喜欢在写作时放一些与剧情相关的环境音，各种都有。它们能帮助我保持专注，进入深度写作的亢奋状态。最近在听《魔戒》的原声音乐。

⑮**小读者瑞安：** 你在写作的时候有什么习惯？

答： 我喜欢在早上写作，清晨4到5点是我思维最为清晰、灵感最是踊跃的时候。

⑯**小读者安妮：** 在你的小说中，你喜欢哪个角色？一定要选一个！

答： 每个角色对我来说都是特别的，一定要选一个的话，应该是柳嘉吧。因为他展示了如何乐观面对生活中的困难，即使胆怯也要勇敢地追求梦想，这些经历是我希望通过小说剧情传递给小读者们的生存之道和经验之谈。

⑰**小读者元涛：** 在写《狩梦奇航》时，你最大的收获是什么？

答： 我的最大收获就是看到我的故事生动活泼地呈现在纸上，然后又被读者所接纳。每一次收到读者的反馈，无论是好是坏，都让我感到满足和快乐。这是我作为一个作家最大的奖赏。

⑱**小读者小明：** 郭妮姐姐，你写故事是怎么找到灵感的？

答： 我的灵感来源于生活和阅读，以及一些人生经历。空闲时我喜欢看电影和听音乐、到处走走，这些都能启发我的想象力。当我在大自然中散步或者骑车时，轻风拂面，脑海中就会突然涌现出很多有趣的故事情节。

⑲ 小读者小红： 姐姐，听说你家里有很多宠物，它们都是什么样的呢？

答： 哈哈，没错。我的家里就像一个小型动物园。我曾经有2只金毛狗，MOMO和Nina。虽然MOMO已经去了狗狗的天堂，但它笑嘻嘻的模样永远活在我的记忆中。而Nina，就像一个文静的小公主，喜欢躺在门口看风景。另外，我还收养了4只小猫：活泼的蓝猫布鲁、聪明的狸花猫威尔、淘气的三花猫潘达和可爱的小梨花猫元宝。

⑳ 小读者董旭： 郭妮姐姐，为了看你的书我作业都没写，下个月你能来我们学校吗？我们学校可好玩了！

答： 好的。等我来了，你可要带我参观哟！等等，你作业写完了吗？你可不要害我！笑！

㉑ 小读者卢珊： 你一开始是怎么决定写儿童科幻小说的？

答： 我喜欢沉浸在科幻电影和小说的世界里。我发现，科幻是一个极好的启迪孩子们想象力和创造力的载体。所以，我决定将这两者结合起来，创作出寓教于乐的儿童科幻小说。

㉒ 小读者莉莉： 姐姐，在你的小说中，奇特的梦境是怎么构思出来的？大人也会做梦吗？

答： 我很喜欢做梦，梦里时常出现五花八门的场景，稍纵即逝，我会在睡醒后立刻记录下梦境中的一切，然后再加入一些天马行空的想象和创意。你呢？

㉓ 小读者汤一帆： 你的下一部作品会是关于什么的？

答： 我正在计划创作一部以时空旅行为主题的科幻小说，这将是一个关于勇气、友谊和自我发现的故事。

狩梦小队队员的个人空间

不可告人的蛛丝马迹大揭秘!

《狩梦奇航》个人空间之"柳嘉的宝贝抽屉"

柳嘉有一个宝贝抽屉!

里面收藏的每一件物品,都蕴藏着他的记忆和情感。那是他的私密空间,每一件物品都带着他的记忆和感情。让我们一起悄悄揭开这个抽屉的秘密,探索这个小小的、充满神奇魔力的世界。

打开抽屉,你会发现一个闪烁着金光的海贝。那是柳真夜从南海带回来的,把它贴近耳朵,能听到海浪的声音。

这个海贝,是柳嘉和柳真夜之间的特殊连接,每次他想念爸爸,就会听听海贝,仿佛能听到爸爸在海的另一边对着他说话。

● 最近,柳嘉学习压力很大,乱糟糟的抽屉总是来不及清理。

● 以前都会自觉打扫干净。

狩梦奇航·冒险小队

C级机密
柳嘉最近的秘密行动

● 柳嘉的大秘密,是他在尝试用漫画,将梦境中的历险记录下来……戚梦萦可是女主角哟!

1 在抽屉的一个小角落
来历不明的石头

这颗石头像一座微缩的山,有峡谷、有山岗。酷似一座神秘岛屿的模型,是柳嘉梦开始的地方。

2 杂乱抽屉的练习册下
一串奇异的手环

一个水手送给柳嘉的礼物。心烦意乱时,摩挲这串手环,仿佛能从中得到宁静和智慧。

3 在抽屉的最底层
一张珍贵的照片

柳嘉和父母在海边度假的全家福,每次看到这张照片,柳嘉都能找回那份纯真和无忧无虑的快乐。

抽屉的角落,躺着一张微黄的书签,书签的尾巴是一片干枯的四叶草。这是在天台山医院捡到的,柳嘉把它当作妈妈康复的希望。

抽屉里还藏着一枚古铜色的指南针,那是他在一次"狩梦冒险"中获得的礼物。

这个指南针非常神奇,每当柳嘉在感到害怕和自卑时触摸它,它都能鼓励他勇敢前进。

每一个物品都是柳嘉的宝贝,它们帮助柳嘉与世界连接,也帮助他理解自己的情绪。

这个抽屉就像一个微缩的宇宙,既有悲伤和无奈,又有希望和勇气。

让我们一起期待,柳嘉的宝贝抽屉里未来还会有什么新的发现。

SSS级机密
戚梦萦的个人空间

戚梦萦的封印之地——雾隐梳妆间

戚梦萦的隐秘空间，是妈妈留给她的雾隐梳妆间。

控制这个梳妆间的是一个人工智能，它的名字叫作"雾隐花仙"。

在它的帮助下，整理妆容的戚梦萦不仅可以变成想要的外貌，而且还会具备不同的人格和特殊能力。

比如，有一次学校组织的话剧比赛中，戚梦萦使用了一支名为"霹雳女神"的口红，突然发现自己拥有了强大的电力。另一次，她尝试穿上了一双标签上写着"弹跳女郎"的鞋子，发现自己能够跳得像袋鼠一样高。再比如，她戴上一顶"语言天后"的帽子后，竟然可以理解所有的语言，无论是人类的语言还是动物的语言。

但是，使用这些神奇的梳妆品和道具并非没有代价。

譬如，使用"霹雳女神"口红，需要承受强电流的副作用；穿上"弹跳女郎"鞋子，需要体验重力的反噬；而脱下"语言天后"的帽子，则会长时间失声。

自此，戚梦萦更加投入地学习，努力提高自己的各项能力。

她明白，真正的力量并不是来自外在的装扮和特殊捷径，而是来自自我的努力与提升。

雾隐梳妆间的封印，对她来说，是一次崭新的学习和成长的开始。

▲ ● 白薇路16弄301室，是戚梦萦爸妈的一处主要住宅，现在是封闭紧锁的状态。

◀ ● 这是目前戚梦萦在用的梳妆间。

**单细胞的易天爵
最近都在忙着补习**

●易天爵堆积如山的作业本。众所周知，学习是一件压力特别大的事情……

易天爵的秘密基地

　　碧柳路的一条小巷子，是易天爵的秘密基地，也是他的心灵避风港。

　　小巷子的尽头，住着小狸花猫威尔一家。

　　易天爵和柳嘉经常来这里，与小猫嬉戏，分享彼此的烦心事。他们为威尔一家建造了一个坚固的泡沫猫舍，那里温暖而安全，是小猫们的小乐园。

　　然而，这个秘密基地被陆平小学的古力奇一伙发现了。古力奇经常趁易天爵不在的时候，来这里搞破坏，让易天爵非常苦恼。

　　易天爵想出了一些对策，他找罗西要来一个会变色的防护网，当古力奇一伙来时，防护网会变成和周围环境相同的颜色，把猫舍隐藏起来。

　　易天爵还在小巷子入口处种了一种奇特的植物，这种植物散发的气味非常像臭豆腐，那是古力奇一伙最讨厌的食物。

　　易天爵的秘密基地就像一个小小的避风港。

　　每个角落都隐藏着他对朋友的关爱。

●窗户外的夕阳，看起来特别感伤……

**① 放在墙壁隔层中的
破旧的工具箱**

这个工具箱并不起眼，但里面的每一件工具，都是易天爵好不容易收集到的。

**② 生锈窗户夹缝里的
彩虹板和留言粉笔**

易天爵心情好的时候会画一道彩虹，心情不好就画一坨屎。柳嘉过来会先看看，再决定怎么和易天爵说话。

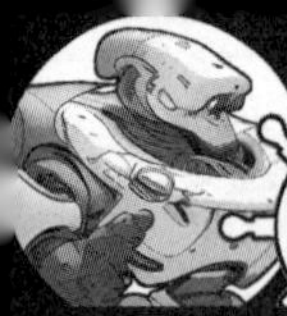

狩梦小队
罗西的地下实验室

●罗西最近心情不错，应该是有重大发现！

●罗西喜欢一个人做实验！

●实验室里的器材看起来价值不菲！

　　罗西的地下实验室，就像一部正在酝酿未来的神秘机器。

　　这个神秘的实验室位于飞霞宫地下深处，充满了各种各样奇特的机器和发明，每一个角落都充满了未知和挑战。

　　在这个充满科幻气息的实验室里，你会看到一台自动编程机器，它能在瞬间完成一天的编程工作。你也会看到一个变形机器人，能自由改变形状和功能，满足罗西的每一个创新需求。更有一台据说能让人穿越时空的机器，不过，这是罗西正在研发的最新项目，只有罗西知道它到底行不行。

　　此外，实验室里还有一些特别的"房客"：忠诚可靠的管家罗宾和会说人话的鹦鹉冷山。他们是罗西的得力助手，但更多的时候，他们是罗西的"麻烦终结者"。每次罗西的发明出现意外，都需要他们帮他解决问题，确保实验室的正常运转。

　　总的来说，这里是一个充满奇思妙想的地方。

① 编号0371实验灾害记录
失控的瞬移鞋

罗西正在研究一双瞬移鞋，只要穿上它，理论上能到达任何想去的地方。某次试验鞋子失控，把罗西卡在了墙里。幸亏管家罗宾用上锤子，才顺利将他的脚从墙中解封出来……

② 编号0126实验灾害记录
自我复制机器人

罗西设计了一个可以自我复制的小型机器人，但他没有预料到机器人复制得过快，实验室很快被机器人占满了。好在鹦鹉冷山及时发现，利用罗西的语音指令控制器，让所有机器人停止了复制。

③ 编号0008实验灾害记录
无影灯的无限光

罗西从父亲处拿来的无影灯，可以发出无边无际的光亮。但是，他没有设置关闭的方式，导致实验室变成了一个无尽的白色世界。直到管家罗宾找到电路板，关闭电源，才让无影灯停止了工作。

SSS级机密
秩序与混沌并存之地

●这个实验室,是罗西为数不多从罗飞院长手中争取到的权利。其中隐藏着一个重大交易!

●飞霞宫主楼的外墙,最近新设了一根旗杆。

在这里,罗西可以尽情施展他的创新能力,探索未知的世界。

偶尔会有一些小小的麻烦,但对罗西来说,这意味着挑战,同时也意味着一次有趣的冒险。

你所不知道的**奇闻**

崔牛牛的搞笑"隐形戒指"恶作剧

● 某日，崔牛牛在路上游荡，意外发现了一枚奇怪的隐形戒指……故事由此展开……

崔牛牛一路小跑来到柳嘉的房间。

柳嘉的宝贝抽屉就在他的眼前，崔牛牛感觉兴奋极了。

打开抽屉，他看到一张旧照片、一个指南针、一块抛光的小石头、一副魔术牌，还有一块形状奇特的水晶。崔牛牛忍不住嘿嘿笑了，开始倒腾起来。

他注意到抽屉角落里有一袋零食，看起来已经过期了很久，不过对于崔牛牛来说，这些都不是问题。

他咀嚼着零食，首先拿起魔术牌，把所有牌都倒立起来，然后再换一个新的顺序，让所有的王牌都排在了一起。接着他又拿起指南针，嘴里念叨着咒语，假装自己是个大魔法师。他又拿起一块石头，好奇地照着光看，结果一道强烈的反光让他眯起了眼睛。

正当崔牛牛沉浸在恶作剧乐趣中时，他突然听到了脚步声，应该是柳嘉回来了。崔牛牛吓得赶紧藏起来，看着柳嘉打开房门，发现抽屉里所有东西都被搞乱了，一脸惊讶和困惑。

崔牛牛在角落里偷笑。

柳嘉疑惑地看着抽屉，崔牛牛赶紧从柳嘉的房间溜走了……

> 我叫崔牛牛！
>
> 这个人是柳嘉的表弟，平常喜欢到处搞破坏！

隐形大作战：
崔牛牛的"鬼魂"显灵了

崔牛牛潜入易天爵的秘密基地，突然，他看到古力奇一伙正在虐待小猫咪威尔一家。崔牛牛眼珠一转，心里一股邪火冒了上来，他对古力奇耳语："我要让你们好看！"

他假扮鬼魂，用尽各种恶搞手段，把古力奇一伙吓得魂飞魄散，一个个脚不沾地地跑了，连鞋都掉下好几只。正当他得意扬扬的时候，易天爵回来了。

易天爵找出一个工具箱，开始修理坏掉的学校的除湿机。崔牛牛看着这一幕，眼珠又开始转动，于是他开始模仿鬼魂的叫声，试图吓唬易天爵。

●这条巷子是部分崇阳小学生放学后最喜欢通过的走道。

然而，出乎崔牛牛的意料，易天爵并不惊慌。他站起来，四处张望，大喊："罗西，我知道是你在搞鬼！"易天爵忽然从一个工具箱中，拿出一支迷你水枪，到处喷射……

迷你水枪射出的水花在空中飞散，崔牛牛尝试避免被喷，但是却已经晚了……

水滴溅到了他的身上，瞬间牛仔裤上变得湿漉漉的。

这一幕，让崔牛牛吓出了一身冷汗，他赶紧跑得远远的……心跳得像小兔子一样。

崔牛牛的搞笑实验室 捣蛋之旅

崔牛牛提着湿漉漉的裤子,小心翼翼地潜入了罗西的地下实验室。

这里充满了各种奇奇怪怪的发明,看得崔牛牛眼花缭乱。他逐个去摸,结果触动了一个诡异的机器人。机器人的眼睛突然亮了起来,发出警告:"非法侵入者,立即离开,否则后果自负!"

崔牛牛一怔,瞬间意识到自己犯了个大错误。

他急忙转身就跑,但机器人却追着他不放。那个机器人有一个吸尘器般的大口,看起来像是要把崔牛牛吸进去。

崔牛牛吓得魂飞魄散,他在实验室里跑来跑去,吓得瑟瑟发抖。

这个时候,罗西走了进来。他看到一片混乱:一个被触动的机器人在空气中乱扫,而实验室的中央,一团烟雾正在缓缓升起。

罗西顿时愣住了,他疑惑地看看这一切,然后深吸一口气,走到机器人面前,关掉了机器人。

这个时候,崔牛牛趁机溜了出去,他用力擦了擦额头上的冷汗,然后狼狈不堪地逃跑了。

崔牛牛的心快要跳出嗓子眼,他发誓,以后再也不去罗西的实验室了!

而罗西悠闲地站在实验室的门口,看着远去的崔牛牛,面无表情地说:"一只奇怪的小老鼠……"

然后,他命令机器人将混乱的实验室恢复原状。

> 我,蒙飞飞!
>
> 蒙飞飞是崔牛牛的表弟,性格比较浮夸。

崔牛牛的隐形戒指

**无敌死党好友
蒙飞飞和崔牛牛**

● 崔牛牛有什么坏主意，都和蒙飞飞分享。

● 蒙飞飞最近从恐怖片中寻找灵感，正在构思一个由崔牛牛主演的舞台剧。

一直以来，崔牛牛都是以普通人的身份生活在米兰市，但是今天，他不一样了。因为，他捡到了一枚隐形戒指！

崔牛牛无所事事地来到明德学校时，意外看见戚梦萦的背影消失在图书馆的大门后，正当他打算偷偷跟进去的时候，一只肥胖的蓝猫出现了。那只猫端坐在图书馆的门口，它的蓝色眼睛好像可以看穿一切。

崔牛牛皱着眉头看着蓝猫。蓝猫走过来，巧妙地从崔牛牛的手指上叼出戒指，然后大摇大摆地跑开了。

"我的戒指！"崔牛牛惊呼，"站住！小偷！强盗！"他立刻追了上去，穿过一片草地，飞奔过长长的走廊，来到一个美丽的荷花池旁。

"扑通！"

崔牛牛猝不及防地掉进了荷花池里，溅起一片水花。当崔牛牛醒来时，他发现自己浑身湿漉漉的，而且，更糟糕的是，一个动作霸气粗暴的大姐姐正在拼命摇晃他的脑袋！好奇地围观在四周的同学们，有的在拍照，有的在打电话叫救护车，有的在一边打气："牛美丽，加油！小同学，挺住！"

这个时候，柳嘉和戚梦萦也出现在了人群中。

"诶，这不是我表弟崔牛牛吗？"柳嘉一脸意外和担心地说。

崔牛牛突然觉得，这一天的过程，就像是一场梦，他多希望能从这个梦中醒来，回到正常生活中。

不得不说，这一天的疯狂冒险实在是太刺激了！

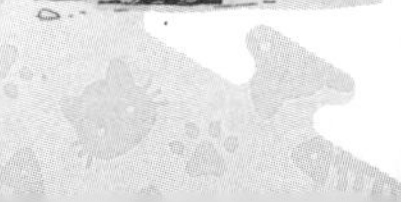

◎创作手记

黄浦江上的明月与夜风

二十年前，我怀着年轻且忐忑的心，从河堤上仰望东方明珠塔。

那天晚上，江上的明月照亮了天空，夜风催生城市的潮气，轻轻吹拂人的脸庞。

我静静地站在江边，感觉思绪在霓虹灯的照耀下，随风飘散。

另外一个深夜，我独自在江边漫步。

明月如洗，风也透着凉意。我沿着黄浦江走，灵感也随之游弋。

那天晚上，我获得了一种新的理解，明白生活与创作是循环的一体两面，疼痛和欢欣都是无法割舍的情感。

每个人身处的城都一样，江水环绕，所谓困惑是激荡生命的环环涟漪。

我从无数日常细节中寻找写作的灵感。

街边的小摊、路人的微笑、古朴或现代的巷子，甚至是风吹过江面的波纹，都化作下笔的源泉。每个瞬间，每种可能，都有无限的故事等待着被人们发现。

二十年后，我再次回到黄浦江边。

月色依旧，风也未改，但我已经不再是当初的我了。

时光记录下了我看到的一切，用年轮修饰我感受到的一切。

从水面的倒影中，我看到了自己的成长；从眼眸的遐思中，我找到了初心。

现在，我想对很多年前的那个年轻人说，勇敢去追寻你的梦，去创作你的故事。

每个人都有自己内心奔涌的江流，自己的明月与夜风。

你只需叩开心弦，就会发现，生活的磨砺已铺就成长最好的归途。

听夜风低语，望明月冷峻，与文字共舞。与心对弈，亦不失为创作之路。

此刻，万语千言在笔下涌动，泪痕诗意在胸中滔滔翻涌。

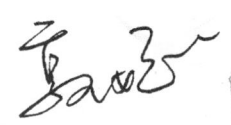

《狩梦奇航》创作者名单
◎索飞澜工作室◎

制 作 人	雷 铸

绘 制

彩色绘制	林 勃
原画绘制	{ 楼奕东 叶俊人

包装设计

美术设计	雷 鸿
印 务	刘厚松

图片制作	{ 李文耀 陆琲卿 谭天晓
策划统筹	谢 燕
文案助理	{ 王诗慧 倪 玥
特别感谢	{ 刘娇龙 李晓露 赵思颖 周莎莎

感谢您阅读《狩梦奇航》,希望能带给您美妙的阅读体验。我们下一册再见!

狩梦奇航 8 决战机甲王

作者_郭妮　　绘者_索飞澜

产品经理_刘树东　陈佳敏　　装帧设计_蛙圃文化　　产品总监_熊悦妍
技术编辑_顾逸飞　　责任印制_梁拥军　　出品人_王誉

营销团队_营销与品牌部

果麦
www.guomai.cn

以 微 小 的 力 量 推 动 文 明

图书在版编目（CIP）数据

狩梦奇航. 8, 决战机甲王 / 郭妮著；索飞澜绘. — 昆明：晨光出版社，2024.1
ISBN 978-7-5715-1434-1

Ⅰ.①狩… Ⅱ.①郭… ②索… Ⅲ.①幻想小说－中国－当代 Ⅳ.①I247.5

中国版本图书馆CIP数据核字（2022）第052359号

狩梦奇航 8 决战机甲王
SHOUMENG QIHANG 8 JUEZHAN JIJIA WANG

郭妮 著　索飞澜 绘

出 版 人	杨旭恒
责任编辑	魏　宾
特约编辑	刘树东　陈佳敏
插　　画	索飞澜
装帧设计	蛙圖文化
责任校对	杨小彤
责任印制	廖颖坤
出版发行	晨光出版社
地　　址	昆明市环城西路609号新闻出版大楼
邮　　编	650034
电　　话	0871-64186745（发行部）
印　　装	北京世纪恒宇印刷有限公司
经　　销	果麦文化传媒股份有限公司
版　　次	2024年1月第1版
印　　次	2024年1月第1次印刷
书　　号	978-7-5715-1434-1
开　　本	145mm×210mm　32开
印　　张	6.75
插　　页	4
字　　数	139千
定　　价	29.80元

如发现印装质量问题，影响阅读，请联系 021-64386496 调换。